河出文庫

化けもの

南町奉行所吟味方秘聞

藤田芳康

河出書房新社

目次

化けもの

南町奉行所吟味方秘聞

第一章　沈黙

一

　廊下が急に騒がしくなったのは、奉行が城中への出仕を終えて南町に戻ってきたからだった。供も連れず、一人で玄関から歩いてきたのを見て驚いたのに違いない。すれ違う者たちが跳ねるように後ずさりし、その場にひれ伏している。脇にある用部屋からも与力や同心たちが慌てた様子で飛び出てきた。それぞれがかしこまって両手をつき、神妙に頭を下げている。

「お帰りなさいませ。お務め、まことにご苦労に存じまする」

　奉行の名は桃井筑前守憲蔵という。

　齢四十一。この南町奉行所に赴任したのは三年前の三十八のときであったから、四十で同じ地位についた名奉行、かの大岡越前守忠相を凌ぐ出世の早さである。

桃井はすらりとした長身で、背にも腹にも無駄な肉がない。色白の理知的で端整な顔は一見すると穏やかでおとなしそうに見えるが、その奥に光る両眼は獲物を狙う鷹のように鋭かった。

桃井は腰に差した備前長光(びぜんながみつ)の小刀(しょうとう)に左手を掛け、右手に少し大きめの白扇(はくせん)を持っていた。その扇(おうぎ)を指で開いてパチリパチリと鳴らしながら、顎(あご)を上げ胸を張って歩いている。

長裃(ながかみしも)を着けて凛々(りり)しく進む姿には、重い役職に恥じぬ威厳が感じられた。才覚の人。努力の人。機知の人。強運の人。

桃井を仰ぎ見る与力や同心たちのまなざしには尊敬と羨望の念が込められている。わずか二百石の旗本から三千石を食(は)む町奉行にまでのし上がった桃井のことを今(いま)太閤(たいこう)のように崇めているのだ。

桃井は視線を注いでくる一人一人に微笑で応えながら廊下を抜けた。

突き当たりの角を曲がり、渡り廊下を歩いて中庭にさしかかると、塀の前に植わっている梅の木が一輪、二輪と花を咲かせはじめている。

季節は、まだ風に冷たさが残る、早い春。

時刻は昼八ツ(午後二時)を四半刻(しはんとき)(三十分)ほど過ぎたところだ。

桃井は、ふっと思いついたように立ち止まり、庭を眺めた。

花というと桜の派手さを称える人が多いが、桃井は梅の慎ましさの方が好きだった。絢爛豪華な百花繚乱よりも、ひっそりと蕾をふくらませて待つ控えめさに心惹かれる。むせかえるような強い匂いは苦手で、ほのかに漂う微かな残り香を愛でた。

そんな可憐な梅の美しさを心から満喫したのは、いつのことだったろう。

桃井は青空に啼く鶯の声を耳にしながら思った。

あれは今から二年余り前——もはやそんなにも時が経ってしまったのか……。


「お奉行」

桃井の背中に声をかけたのは、吟味方筆頭与力の近藤辰之助であった。

近藤は十五で見習い与力となり、四十年かけて今の地位についた苦労人である。

ずんぐりした躰に禿げた頭。下駄のような四角い顔に、まん丸とした小さな目。

眉目秀麗な奉行とは打って変わって、その顔つきは何とも武骨で朴訥だ。

日に焼けて色が黒く、武士というより村の百姓が無理して刀を差しているかのように見える。筆頭与力にしては随分と間の抜けた面構えだが、どこか憎めない愛嬌があり、笑うとたちまち目がなくなってしまう。

「お帰り早々、申し訳ありませぬが、私どもだけでは御し難い、まことに厄介な一件が生じました。ご足労ではございますが、お白洲までお出ましいただけませんでしょうか」

近藤の言葉に桃井はすぐには答えなかった。

世を騒がせるような重大な事案でもない限り、奉行自らが詮議の場に赴くことは滅多にないのだ。初回の調べか裁きの申し渡しの際に顔を出すのがせいぜいで、大抵の吟味は与力たちに一任することになっている。

大した用もないのにしゃしゃり出て無闇に白洲を騒がすのは、北町の遠山金四郎ぐらいだろう、と桃井は思った。遠山は町人の味方を気取って博奕打ちや女郎屋の女将に親しく声をかけたりしているそうだが、庶民が好きというより、ただ人気取りが好きなだけではないのか。

「お奉行、何卒お白洲に。どうか、お願い申し上げまする」

近藤は月代に汗を光らせ、懸命に頭を下げていた。

この不器用そうな男が意外なほどの出世を遂げたのは、与力には珍しい人情家であるからだ。罪人を上から見ないで同じ立場になって相対する。じっくり話に耳を傾けることで真実の声を吐露させる。この職についてから近藤は拷問というものをまだ一度もしたことがなかった。それが一つの名誉でもあり、小さな誇りでもある。

右から左へ、てきぱきと訴状をこなしていく与力が多い中で、近藤の丁寧な仕事ぶりは逆に目立つこととなった。吟味だけでなく、賄賂（わいろ）のワの字とも贅沢のゼの字とも縁がない潔癖で清貧な心がけも評価された。いつしか〝人情与力〟とか〝仏（ほとけ）の近藤〟などと呼ばれるようになり、奉行所内だけでなく町人たちからも大きな支持を得たのだ。

しかし近ごろは、その丁寧さが少々度を過ぎているところもあった。

腰を据えて話を聞くのは結構だが、あまりに余計なことまで詮索するあまり吟味の時間が長引いてしまう。おかげで居残りの仕事が増えて家に帰るのが遅くなり、女房が不機嫌で困るのでござる、と配下の与力や同心たちから文句を云われたりもしている。

「ふむ……」

一方の桃井はこのところ急な仕事が重なって心身ともに疲れていた。

たまには務めを忘れて、のんびり昼寝でもしよう。内心ひそかに目論（もくろ）んでいたというのに、奉行の心、与力知らずとは、まさにこのことであるな、と桃井は思った。

南町奉行を拝命して三年余――ここに至るまでには様々な艱難辛苦（かんなんしんく）があった。

桃井の実父は千二百石の旗本であったが、生母が側室であったために家督を継ぐことがかなわず、憲蔵は十三で遠縁にあたる桃井家に養子に出された。

養父の六平太は同じ旗本とはいえ非役で、小普請組に属していた。

俸禄は低く、暮らしも豊かとはいえない。公称二百石は租税を除けば実質百石。それで家族だけでなく家来や奉公人まで養わねばならないのだ。

食べるものも着るものもすべて質素と倹約が必定である。朝夕は一汁一菜を励行し、冬でも足袋なしの裸足で過ごすことが多かった。

六平太は戦国時代の古武士を思わせる硬骨漢で、口癖のようにこう諭した。


——平らな道より険しき道を歩け。いばらの道は良き道じゃ。


その教えに従い、憲蔵は人が好まない苦しい役目をあえて引き受けてきた。目の前の仕事がどんなに辛くとも、それがいつか何かにつながるのだと己に云い聞かせたのだ。

桃井は十八のとき、急逝した養父の跡を継いだ。

非役のままでは行く末がおぼつかないので、役所への配属を差配する小普請組支配や組頭のところに通いつめ、何らかの役につけるよう懸命に頼み込んだ。

出世の階段を登るためであれば手段は択(えら)ばなかった。

反吐(へど)が出るほど嫌な奴にも頭を下げた。足の裏をすすんで舐(な)めるようなこともした。

鼻で嗤(わら)われたことは数えきれぬし、顔に唾を吐きかけられたこともある。

もちろん、その逆を他人に対して行なったことも数知れない。

後ろから平気で人を押しのけた。素知らぬ顔でぐいと踏みつけにした。

賄賂も贈った。密偵も使った。隠密(おんみつ)も雇った。

讒言(ざんげん)を広め、陰謀を企(くわだ)てて人の足をすくい、背中から刺すような真似までした。

表向きには実直で品行方正な努力家に見せていたが、裏を返せば悪人同様の策略家だったかもしれない。しかし、その裏腹で計算尽(づ)くな、世間を欺(あざむ)く生き方のおかげで何とか徒頭(かちがしら)から目付(めつけ)へと這い上がり、ついには南町奉行の座にたどりついたのだ。

近来稀(まれ)なるご栄達(えいたつ)。

さすがは権謀術数(けんぼうじゅつすう)に長(た)けた知恵者にして人格者。

大層な世辞を云ってくれるのは有難いが、町奉行の仕事は想像を絶する激務である。

司法と行政と治安維持――その三つをたった一人で一手に引き受けるのだから、おちおち眠ってもいられない。

朝は巳の刻（午前十時）から登城し、昼八ツまで芙蓉の間に詰めて町触の草案を練ったり、御老中たちのご機嫌を伺ったりする。

奉行所に戻ってからは机に積まれた訴状の山を次から次へとこなす。ひとたび火事が起これば夜中でも飛び起きて現場へと向かい、自ら陣頭指揮をとる。

これでは躰が幾つあっても足りない。

町奉行に任ぜられると早死にするという風説も、あながち虚言ではなかった。大抵は二、三年で職を辞する例が多く、在職中に急死する者も少なくないのである。

「お奉行、何卒。何卒、平に」

執拗に食い下がる近藤を見下ろしながら、桃井はまだ逡巡していた。

己の寿命を考えて昼寝をとるか、与力の願いを聞き入れて白洲に向かうか。

眉をひそめて思案していると、今は亡き六平太の声が叱るように脳裡に響いた。

――平らな道より険しき道を歩け。いばらの道は良き道じゃ。

桃井はようやく心を決めた。

おもむろに踵を返し、近藤と一緒に廊下を戻った。

二

白洲に到着すると、吟味はいったん中断された形になっていた。

ここは上下三間に仕切られ、役目によって坐る場所も決まっている。

通常は上の間に奉行が坐り、中の間に筆頭与力を含めた吟味方与力が三人、傍に書役が二人。下の間には見習与力や警固のための同心たちが幾人か控える恰好になる。

笞や刺股や突棒を手にした同心たちは身分が低いので土間から上には上がれず、突這同心などと呼ばれていた。

桃井はあえて上の間には坐らず、与力の背後に置かれた屏風の蔭に隠れた。

奉行が顔を出さず、そっと聞き耳を立てる――これは内聴所と呼ばれる手法である。

白洲では膝も崩せず、ずっと鯱張っておらねばならぬので、桃井はこの形がいたく気に入っていた。ここなら胡坐をかいても欠伸をしても人に咎められることはない。後ろで奉行が監視しているとなると与力たちも下手なお目こぼしや依怙贔屓ができなくなるし、科人や訴人たちの話も面と向かい合ったときより冷静に聞けるのだ。

「シィ〜ッ」

警蹕の声がかかったのは近藤が中の間の席についたからだった。

さっきまでざわついていた白洲が急に静まり返っている。

屋根はかかっているものの、明かり取りの窓からは春の陽が射していた。その光が地面の砂利に跳ね返って白く輝いている。

「品川宿、旅籠尾張屋女中お絹、出ませぃ〜」

科人を呼び出す声を聞いて、桃井は屛風の端にそろりと腰を移した。

女となると姿かたちを見てみたくなるのが人情というものだ。

桃井は顔を扇で隠して屛風の蔭から覗いてみた。

縄をかけられた科人が小者に連れられて静かに入ってくる。宿屋の女中なら定めし田舎臭い風情をしているのに違いない。そう踏んでいた桃井は、俯いていた女が島田髷に結った頭を上げた瞬間、我が目を疑った。

女は武家や商家の生まれといってもおかしくないほどの凛とした面立ちをしている。

齢は二十歳。お絹という名にふさわしく繭のような白く透き通った肌をしており、太い黒襟のついた黄八丈の小袖をさりげなく品よく着こなしていた。

お絹は泊まり客の刀を盗んで斬りつけ、手に軽い怪我を負わせたとのこと。その罪自体は下調べの段階から認めているにもかかわらず、なぜか犯行の動機については一切語ろうとしないのだという。

奉行所の取り調べは自白を絶対としている。

証拠や証人をあれこれ集めるよりも自白調書と呼ぶべき〝吟味詰りの口書〟に科人自身の爪印を押させることが第一だった。

ただし口書を作成するにあたっては、罪を犯すに至った動機や背景などを与力たちが十分に把握せねばならない。拷問してでも真実を吐かせようと懸命になるのは、事件の経緯を明らかにして完璧な自白を得たいがためなのだ。

しかし困ったことに、お絹は女だった。

男なら笞で敲いたり石を抱かせたりして白状させることもできるのだが、女に拷問するのは御法度（ごはっと）という建前になっている。

　何を訊いても沈黙で返すだけの女に同心たちもほとほと手を焼いたらしい。そこで、お畏（おそ）れながらと奉行に助けを求めてきたというわけなのである。

「そろそろ口を開いてはどうだ」

　と近藤は温かい声で云った。

「黙っていると罪を認めたことになるぞ。このまま牢屋に入れられてもよいのか」

　女は黙したまま、おどおどすることもなく、凪（な）いだ海のように穏やかな表情を見せていた。いい加減しびれを切らしたのだろう。近藤より先に突這同心の方が声を荒らげた。

「こらっ！　与力様にちゃんとお答えせんか！」

　突棒を振り上げ、今にも打ちつけようとするのを近藤が制した。

「待て。手荒な真似をするな。とにかく、かような有様では埒（らち）が明かぬ。この女の話は後（のち）ほどあらためてということにしよう」

　近藤は、お絹を白洲の脇に下がらせてから訴人を呼び出させた。

「大坂船場順慶町（おおさかせんばじゅんけいまち）、小間物屋清三郎（せいざぶろう）、出ませぃ～」

「ははぁ～」

おずおずと進み出たのは三十がらみの太った男で、顔に媚びたような笑みを浮かべていた。いかにもひと癖ありそうな小狡い商人に見える。

「おぬしが本件の訴人であるか」

近藤が尋ねると、清三郎は顔を上げて答えた。

「へぇ、そうでおます。わては船場の片隅で小間物屋の店を営んでおります。簪にしろ櫛にしろ京や大坂で流行るもんは江戸にはのうて、江戸で流行るものは上方にはない。目新しいもんはよう売れますもんで、年に二度、重い荷を背負うて旅に出るのでございます」

「尾張屋に足を踏み入れたのは、いつの話であるか」

「あれは今から五日前、二月十日のことでございます。わては常日頃おとなしゅうに暮らしておりますのやが、旅先となると遊び心がふつふつと湧いてきよりまして、おなごの柔肌が急に恋しゅうになってきますんや。今晩の相手は誰ぞおらんかいなあと思て廊下を歩いとりましたら、どないです。見たことないような別嬪の女中がいてるやおまへんか」

よく喋る男だ、と桃井は屏風の蔭で嗤った。

上方の贅六は概して江戸の人間より口数が多いが、この男はまた格別である。舌や唇に油でも塗っているのではないかと疑いたくなるほど、べらべらと五月蝿い。

「それで、この女を呼んだのだな」

　近藤がちらりとお絹を見てから清三郎に訊いた。

「仰る通りでござります。酒を持ってこさせて、あらためてびっくりしましたわ。ええおなごやなと遠目に思ても近場で見ると皺くちゃの大年増やったりしまっさかいにな。それがこのおなごに限っては見れば見るほど若うて、とれたての鮎みたいにきらきらしてまんねん」

「それで一体、何が起きた。肝心な事を早う語れ」

「たびたびすんまへん。ほいでまあ酒の酌をさせたりしてるうちにだんだんと打ち解けてきよりましてな。商売もんの簪をやる、櫛をやる、金かて出したるでと口説いてみましたんや。のっけのうちはご無体な、とんでもないと首を振っとりましたんやが、ふっと何かの拍子にその気になったみたいで、こくんと頷きよりました。そないなったら善は急げですわ。これがまた顔だけやのうて躰も美しゅうてね。色は白いし肌はつやつやしとるし折れそうな肩に小っちゃいほくろがあって、それがまた色っぽいというか何というか……」

「たわけ者！　神聖なるお白洲を何と心得おる！」

脇にいた同心が腹立たしげに怒鳴った。

「与力様が尋ねておられるのは、寝間の中の秘め事ではない。訴えに至った契機をさっさと語らんか」

「申し訳ございまへん。それで、その、いざお床入りとなりましたときに、おなごが急に風呂に入ってくれとぬかしよりますねん。まあ初心やさかい恥ずかしがっとるんやろなと思て、手拭い片手に部屋を出ました。ところが風呂場に行って帰ってきましたら蒲団はもぬけの殻、おなごはどこにもいとりまへん。しもた、やられた。これは枕探しに違いない。そない思て床の間を見たら掛け軸の前に置いてた道中差が影も形もおまへんのや」

「それをこの女が盗んだと申すのか」

近藤がたしかめると、清三郎が大きく頷いた。

「へぇ。わてはすぐに帳場に降りて、あの女はどこやと怒鳴りつけました。あの娘やったら、さっき家に帰りましたっちゅうさかい、宿屋の番頭と一緒におなごが住んどる長屋まで行きましてな。盗んだもんを返せと組みついて揉み合うたら、いきなり刀を抜いて斬りつけてきよりましたんや。そのときに、この手ぇを斬られて血ぃがようけようけ飛び散りました。そらもう痛いの何の……あのまま死んでしまうんやないかと思いましたで」

清三郎はこれ見よがしに、手に巻いた白い晒を突き出している。

どれほど斬られたのかと思って覗き見たら、手の甲だけのようだ。それにしては、えらく大層なことを云う男であるなと桃井は怪しげに思った。

「おぬしの刀は高価なものであったのか」

「いえいえ。お武家はんとは違いまっさかいにな。旅装束の一つというか、ほんの形だけのもんでおます。ちゃんと斬れるかどうかもわからん代物でございまして」

近藤は近くに立っている同心に指示して、その道中差を持って来させた。およそ一尺五寸（約四十五センチ）ほどの長さで、町人が旅するときに携える護身用のものだ。

「どうにもわからんな」

近藤は刀を取り上げて首をかしげた。

「かような鈍ら刀を質に入れたところで大した金子にはなるまい。どうせなら胴巻きを盗めばよさそうなものだが」

「銭は腹に巻きつけて風呂場に持って行きましたもんで無事でおましたんや。この女、胴巻きがないとわかって代わりに刀を持って行きよったんに違いおまへん」

「うむ」

近藤は納得しない顔で刀を収め、それを少し離れた位置に置いた。屏風の蔭にいる奉行にもよく見えるようにという、与力ならではの配慮である。

「小間物屋清三郎は、しばし控えておれ」

近藤は命じてから目を白洲の奥に向けた。

「次に旅籠尾張屋主、源兵衛、出ませぃ〜」

三

尾張屋源兵衛は四十五、六の痩せた男だった。

白洲に引き出されて臆しているのか、えらく顔色が悪い。縄をかけられた女が妙に落ち着いているだけに、その動揺ぶりがいちだんと目立った。

「源兵衛。その方は、お絹を雇ってどれくらいになる?」

近藤に尋ねられ、源兵衛はおどおどしながら答えた。

「はい。うちに初めて来ましたのが去年の十一月でございますから、三月とちょっと、およそ百日ぐらいになるかと存じます」

「どういう経緯で雇うようになった？」

「お絹が住んでおりますのが芝浜松町の五軒長屋でして、この長屋を差配しておるのが、わたくしの女房の従兄にあたります家主の佐平なのでございます。奉公先を探している女が一人いる、何とかならんかと頼まれまして……。まあ人手はいくらあっても困ることはございませんので、仲居の手伝いでもさせればと考えまして雇うことに相成りました」

「仲居の手伝いと申しておるが、実のところは飯盛女なのであろう」

飯盛女とは宿場女郎のことである。

普段は仲居と同様の仕事をしており、あからさまに淫らな恰好はしていないが、夜になると酒の相手をしたり添い寝をしたりして金をせしめる。表向きには旅籠の奉公人ということになっているので、よほどあくどい所業をしない限りは役人たちも黙認することにしていた。

このところ岡場所を厳しく取り締まって一掃した反動もある。品川や板橋などの宿場には飯盛女を置いた食売旅籠が逆に増えてしまっていた。

「滅相もございません。うちは祖父の代から続くきちんとした平旅籠でございます。左様な女なんぞは一人として雇っておりません」

「大抵の旅籠の主は知らぬ存ぜぬを通すが、まこととは思えぬな。お絹のような別嬪をただ仲居にしておくのは勿体ないと考えて、ひそかに客に斡旋したのではないか」

「とんでもございません。親戚から預かった娘にふしだらな真似をさせるほど阿漕な商売はいたしておりません。あちらにいらっしゃる上方のお客様がうちを下賤な宿だと勘違いなさって、お絹を口説きにかかっただけなのでございます」

源兵衛の言葉を耳にしたとたん、前にいた清三郎が振り返った。

「おい。黙って聞いてたら好き勝手ぬかしやがって。おちょくっとったら承知せんぞ」

「お前こそ黙らんか。許しなく勝手に喋るでない」

同心が厳しく叱ると清三郎がまたまた平伏した。

「申し訳ございまへん。あまりに無茶をぬかしますもんやさかい、むかっ腹が立ちましたんや。わては東海道津々浦々の旅籠に泊まっとりますけどな。どこの宿場へ行ったかて十人や二十人の飯盛女はいてて当たり前でおます。あの尾張屋がどない格式が高いか知りまへんけども、ちょっと呑ませて手ぇを握った加減で、これがモノになるかならんかはすぐにわかりまっせ。ただの女衆やったら、びっくりして徳利を放り出して逃げてしまいますやろ」

「ならば、お絹は逃げなかったのだな？」

　近藤が念を押すと、清三郎がにやりとした。

「最初(はな)はちょっと嫌そうな顔をしとりましたけどな。それもまあ飯盛女の手管(てくだ)と申しますか、値段を吊り上げるための駆け引きのようなもんでっしゃろ。百歩譲って宿の主が云うようなまともな仲居やったとしてもでんな。誰にかて魔がさすっちゅうことがおますやないか。普段はきちきちと真面目にしとったかて、わての持ってる簪やら櫛に目がくらんだんかもしれへん。そやなけりゃ、この男前にぞっこん惚れ込んでしもたか……」

　俄(にわか)好きな贅六の洒落(しゃれ)を聞いて、白洲にいた者たちがどっと笑った。

　清三郎はかなりの醜男(ぶおとこ)で、どこから見ても女に一目惚れさせるような面相をしていないのだ。それが証拠に、云った本人まで一緒になってケラケラと笑っている。

「今の話をどう思う？」

　近藤は真偽をたしかめるように尾張屋源兵衛に顔を向けた。

「わたくしにはやはり信じられません。他の仲居が主の目を盗んで淫らなことをしたというのならまだしも、お絹に限っては考えられないことなのでございます。ましてやこのような品のいい娘が、あんな風采の上がらぬ男に懸想するなどとは……」

「やかましわ。要らんことぬかすな」

清三郎がいちいち合いの手を入れるので、また白洲が笑いに包まれた。近藤はそれを扇で静めながら源兵衛を見下ろしている。

「見かけが美しいからといって淫らでないとは限らんではないか。清三郎が申すように簪や櫛に目がくらんだのやもしれぬ」

「お言葉を返して申し訳ございませんが、この娘は実に身持ちが堅くて仕事熱心なのでございます。簪や櫛にうつつを抜かしたりもしませんし、男出入りなどもございません」

「わかった。では飯盛女であるかどうかはさておき、盗みに関してはどうだ？　以前に手癖の悪さが垣間見えたことはないのか」

「盗みなどするはずがございません。この娘は正直なことで評判なのでございます」

源兵衛は太鼓判を押した。

「去年の暮れ、伊勢参り講のお客さまが投宿なされて五十両もの路銀が入った胴巻きをお忘れになったことがございました。出立の時刻が迫って慌てて、蒲団の下に置いたまま宿を出てしまったのでございます。それを部屋を片づけに行ったお絹が見つけまして、すぐに走って客たちを追いかけ、無事に胴巻きを手渡したのです。あのような大金を目にしましたなら、ふっと邪心が湧いてもおかしくないところですのに」

「ますますわからん」

近藤は額に皺を寄せ、小さな目をさらに小さくした。

「左様な正直者の生真面目な女が如何（いか）なる理由で客の道中差を盗むに至ったのか。魔がさしたというだけでは、どうにも解（げ）せぬ」

近藤が呟くのを耳にして、桃井も屏風の蔭で一人頷いていた。

清三郎がたとえ美男であっても金持ちであっても答えは同様であったろう。

宿屋の主が出鱈目（でたらめ）を話しているとも思えない。この娘が春をひさいだり盗みをしたりしているようには、どこから見ても感じ取れないのだ。

次に白洲に呼ばれたのは同じ尾張屋に勤める奉公人仲間だった。

お園（その）という名で、お絹より二つ上の二十二。お園は日に焼けて色も黒く、小太りで顔も躰も丸っこい。お絹と比べるといかにも地味な印象だが、そのぶん人なつっこく見える。

「お園。そちはお絹と昵懇（じっこん）であるそうだが、まことか」

近藤が声をかけると、お園が土下座したまま頭を上げずに答えた。

「はい。お絹ちゃんとは齢も近いですので、何かにつけてよく気が合います。尾張屋には女の奉公人が十数人おりますが、その中でいちばんの仲良しであると存じます」

「昵懇であるなら女同士で内緒話などもしたことがござろう。如何様（いかよう）なことでもかまわぬから述べてみよ。主の源兵衛が知らぬことも、そちなら存じておるのではないか」

「盗みの一件に関しましては何も存じません」

お園は目を伏せたまま首を振った。

「あの日は親戚の者が病（やまい）になりましたので、一日お暇をいただいて看病に出かけておったのでございます。次の朝になって戻ってきて、そんな騒ぎがあったと聞いてびっくりいたしました」

「お絹は三月ほど前に奉公に来たそうだが、そちは当時すでに働いておったのか」

近藤がそこまで尋ねたところで、お園はようやく顔を上げた。

「はい。あたしは上州（じょうしゅう）の山奥の生まれで、二年前に親に死に別れて、江戸に出て参りました。母方の親戚が品川の外れに住まいしておりまして、その仲立ちで尾張屋に勤めることになったのでございます」

「現在の住まいはどこじゃ。その親戚の家か？」

「いえ、尾張屋でございます。親戚の家は狭くて子どもが何人もいたりしますので一緒に住めるような広さではございません。そこでご主人様にお願いして、勤め出したときからずっと女中部屋に寝起きさせていただいております」

「同じ奉公人同士の目から見て、お絹の働きぶりはどうじゃ」

「初めて会ったときには、こんなきれいな子がどうして品川の宿屋なんかに来たのかと不思議に思っておりました。お絹ちゃんの器量だったら芸者さんにだってなれるだろうし、どこかの大店にお嫁に貰われてもおかしくありませんもの」

「ふむ……」

近藤は頷きつつも探るように訊いた。

「男出入りはどうじゃ？　客と懇ろになったことはないのか？」

「お客さんの方がお絹ちゃんを見初めたりすることは何度かありましたが、お絹ちゃんの方からなびいたことは一度もないと存じます。だからといってほかに誰か好きな人がいるという話も聞いたことがございません」

「ならば、お絹には若い娘としての喜びがないも同然ではないか。何か楽しみとか好きなものとかはないのか」

「好きなものでございますか……」

お園はしばし考えたあとでパッと目を輝かせた。

「ありました。お絹ちゃんはお蕎麦が大好きです」

「蕎麦とは食う蕎麦のことか？」

「はい。旅籠の前を二八の蕎麦屋さんが通ると必ずといっていいほど呼び寄せますし、お休みの日なんぞにはあちこちのお蕎麦屋さんを訪ね歩いているそうです。あれはよっぽどの好物なんだと思います」

「蕎麦のほかには何かないのか。もし金が入ったらこういうことをしたいとか、いつかこんなものを手に入れたいとか。先々の望みのようなものを口にしたことはないか」

　近藤が尋ねるのを耳にして、お園は考え込んだ。記憶の中を探る時間がしばらく経ったあとで、少し迷うような素振りで顔を上げた。

「そういえば、一つ気になることが……」

「おお、あったか。それは何だ」

「いえ、やっぱりやめておきます。こういうことを申し上げると、お絹ちゃんの罪が重くなるやもしれませんので……」

「罪の軽重は奉行所が決めることで、そちとは無縁である。気にせずともよいから包み隠さず真実を語れ。さもないと、そちにも罰が下ることになるぞ」

近藤はお園をやんわりと威嚇した。

普段は人情味のある心の広い与力として通っているが、今日は奉行の視線を背中に感じているせいか、いつもと少々顔つきが違っている。

「では、申し上げます」

お園は気が進まぬ様子で答えた。

「大人数の宴会があったりして仕事が遅くなると、お絹ちゃんも芝の長屋には帰らず、女中部屋に一緒に泊まることが多かったんです。そういうときには夜通しいろんな話をするのですが、いつでしたか、話が変な方に行ってしまいまして……」

「変な方？　どんな方面だ？」

「あの晩はお絹ちゃんに愚痴を聞いてもらってたんです。実はあたしには上州に許婚のような男がおりましてね。風の便りによると、そいつはあたしというものがありながら隣村の名主の娘と祝言を挙げるというのですよ。別にその男のことを大して好きでもなかったのですけれど、こっちが親のない旅籠の女中だと思って馬鹿にして、と考えると悔しくって悔しくって……もうあんな奴、殺してやりたいって、思わず云ってしまったんです」

「ほほお。そちは、なかなか気性が激しいの」

「腹立ちまぎれについそんなことを口にしてしまったのですが、それを聞いたお絹ちゃんが急に思いつめた顔になりましてね。あたしから目をそらして、ふっと呟いたんですよ。『わたしにも殺したい相手がいる』と……」

「殺したい相手？　誰を殺したいと申しておった？」

「それはわかりません。あたしも気になって尋ねてみましたが、お絹ちゃんは何も答えてくれませんでした。その話はそれっきりでずっと忘れていたんですけどね。お絹ちゃんがお客さんから道中差を盗んだと聞いたとき、あたし、変な胸騒ぎがしたんです。もしかしたら今度の件はそのことと関わりがあるんじゃないかって……」

お園の証言は白洲を騒がせた。

盗んだ刀で憎い相手を殺める——なるほど、それならば理屈が通るではないか。

近藤も他の与力たちも顔を見合わせ、我が意を得たりと頷き合っている。

桃井は扇をパチリパチリと鳴らしながら、科人の表情をそっと観察してみた。

お絹は筵の上に坐り、下を向いたまま地面の砂利を見つめている。じっと仏像のように固まっていた肩が、ぴくりと少しだけ動いたように見えた。

四

近藤は、お園をいったん下がらせて、次の証人を呼び入れた。

「芝浜松町五軒長屋、家主佐平、出ませぃ〜」

佐平は髪の薄い老人で齢はもう六十を過ぎている。紋付袴をきちんと身につけてはいるものの足が悪い様子だ。よたよたとふらつくようにして前に進んでくる。

「佐平。お絹が長屋に入居した経緯を詳しく述べてみよ」

近藤に命じられ、佐平は答えた。

「はい。あれは半年前のことでございます。わしが散歩がてら長屋の様子を見て回っておりますと、旅姿をした見知らぬ娘が一人、道に迷ったような様子で路地に入って来たのでございます。聞けば人を捜しているとのこと。その尋ね人が以前、うちの長屋に住んでいた喜八という男でして。喜八なら二年ほど前に品川の方に越したと教えましたら、がっかりした顔をして、そのままふっと気を失ってしまったのでございます」

「すると、初めて来た日に病に陥ったというわけか」

「病と申しましても医者を呼ばねばならぬような大層なものではございませんでした。きっと朝から何も食べずに不案内な江戸の町を歩き回っていたからでしょう。気を取り戻してから粥など食べさせてやりますと、すっかり元気になったのでございます」

「お絹は、どこから来たと申しておったか」

「房州の館山からだと申しておりました。船で霊岸島まで渡って、そこから芝まで歩いて来たみたいです。目がさめたとたん起き上がって品川まで喜八を捜しに行くと云うので、まあ無理しないで落ち着きなさい、今晩はうちに泊まって明日行けば良いではないかと諭しました。何だったら喜八が見つかるまでこの家で寝泊まりしてもいい。部屋も空いておりましたし、わしも婆さんも子どもを早くに亡くして二人きりで暮らしておりましたので、お絹ちゃんのことが孫のように思えて、つい引き留めたくなったのでございます」

「それが長屋に住まいするようになったきっかけか」

「はい。翌朝になって、わたしも一緒に品川まで行ってみたのですが、目当ての引っ越し先にもう喜八はおりませんでした。どこへ移ったのかもわからぬとのことでして、近所の者によりますと、引っ越したあとも喜八を何度か品川の近くで見かけたことがあるという話でした。であれば諦めずに根気よく捜せば、また見つかるんじゃないか、いっそのこと品川に働きに行って、そのついでに捜してみてはどうかと勧めてみました」

「お絹は喜八をなぜ捜し求めておるのか。その理由を尋ねたことはないか」

「一度ございます。若い娘のことですから恋しい相手にでも会いに来たのではないかと思ったのです。けれど喜八は五十半ばの鬢（びん）に白髪があるような男でございますから、恋しい相手というには齢をとり過ぎております。ならば、幼いころに別れた父親とか遠縁の親戚ではないのかと問うてみたのですが、お絹ちゃんは首を振るばかりでして……」

「その喜八という男は何者だ。商人か職人か」

「へぇ、蕎麦屋でございます」

「なるほど。そういうことであったか」

近藤はハタと膝を打った。

「お絹はただの蕎麦好きではなく、蕎麦屋の喜八を捜しておったのだな」

「喜八は芝の金杉町に蕎麦八という名の店を構えておったのですが、事情があって店を閉じ、うちの長屋に転がり込んできたのでございます。しばらくはゴロゴロしておったのですが、やがて品川に引っ越し、担ぎの蕎麦屋になったとの噂でした。きっと近所の者も蕎麦を売り歩いている喜八の姿を見かけたのではないかと存じます」

「ならば佐平」

近藤は興奮した目つきで訊いた。

「先ほど女中仲間のお園が、お絹には殺したい相手があると申しておったが、おぬしはその相手に関して何か知っておらぬか」

「その話は初耳です。今まで一度も聞いたことがございません」

「殺したい相手がその喜八であるということはないか」

「まさかそんな……」

佐平は強くかぶりを振った。

「喜八は人から恨みを買うような人間ではございませんし、お絹ちゃんが左様な大それた真似をするとも思えません。同じ屋根の下で暮らす者の身贔屓と仰られるかもしれませんが、お絹ちゃんは本当に気立てのいい、思いやりのある娘なのでございます。わしが足の痛みを苦にしていると楽になるまでじっくりと揉んでくれますし、仕事で疲れて帰ってきたあとでも婆さんの夕餉の支度をすすんで手伝ってくれます。あんなやさしい娘に人殺しなんてできるわけがございません。きっと何かの間違いです。なにとぞ恩情あるお裁きをお願いしたいと存じます」

佐平は実の親であるかのように懇願した。途中からはほとんど涙声になっている。

(どうにも珍しい吟味だ)

と桃井は上の間で首をかしげた。

大抵は出てきた証人の一人ぐらいは科人の悪口を云うものだ。さもありなん、やはりあの娘は悪人であったなどと、したり顔で証言することもよくある。

だが、この吟味では誰一人としてお絹を悪く云わず、弁護するようなことばかり並べ立てている。これでは訴人の立場がないだろう。お絹と清三郎、どちらが悪人に見えるかと問われれば、十人のうち九人までが清三郎を指さすに違いないのだ。

近藤が奉行の助けを求めてきたのも、むべなるかな、と桃井は思った。

科人が美し過ぎるだけでなく、善良であり過ぎるという点においても、この一件はどこか腑に落ちぬところが多いように感じられた。

五

証人たちへの尋問が終わると、近藤はあらためて訴人の清三郎を呼び出した。

「小間物屋清三郎。これまでの証言を聞いて、そちはどう感じた」

「何やしらん、狐につままれたようでんなあ」

清三郎は不服そうな顔をした。

「誰もかれもが気立てのええ堅い娘やと褒めてばっかりでしたやろ。これでは何で盗みを働きよったんか、ちょっともわかりまへんがな」

「たしかにそうじゃな」

近藤は清三郎の意見に頷いた。

「このままでは罰を与えるどころか、お絹に褒美でも取らさねばならなくなる。科人は何も喋らぬし、動機すらも解明できぬようでは吟味が長引くばかりじゃ。されど、清三郎。ここまで問いただしてきて、身共（みども）には一つだけわかったことがある」

「ははあ、そうだすか。さすがは与力はんでおますなあ」

「お絹が盗みに至ったことは事実であるが、どうやら枕探しを常習にしておるわけではなさそうだ。刀を盗んだのも金のためではないように思える。魔がさしたというよりは何らかの別の目的のために盗んだ。左様な事情ではあるまいかな？」

「そない云われたら、そういう風にも思えまっけど……かというて罪が赦されるわけでもおまへんやろ。せめて牢にでも入れるなり銭でも払うなりしてもらわんことには」

「幸いにして刀も戻ったことであるし、その方の傷も大したものではない。この訴えのために江戸に滞在した旅籠代や飲食の費用、さらには膏薬代や治療代などをお絹に払わせるということにしてはどうか。ならば訴えを取り下げることもできるじゃろう」

「何やうまいこと云いくるめられたような具合だすなあ。別にそういうことでもよろしおますけども、どうにも気持ちがもやもやして収まりがつきまへん。何でわての刀を盗まんとあかんかったんか――せめて、ほんまのことを喋ってくれんことには……」

「うん、もっともだ」

近藤は頷いて同心に目で合図した。

同心は訴人を元の位置に戻し、代わりに科人を白洲の中央に連れ出してきた。

「お絹。訴人はそちが刀を盗んだ理由(わけ)を話して損害を金銭で補うならば、訴えを取り下げてもよいと申しておる。証人たちも、皆が一様にそちを弁護してくれておったではないか。親身になって考えてくれる者が何人もおることに有難く感謝せねばならんぞ」

近藤は人情与力の名にふさわしい得意技を出した。貝の口を開かせるために情に訴える方法を採用したのだ。お絹という娘の律儀(りちぎ)な性質からして、他の者に迷惑をかけることを良しとはしないはず——そこを泣き所と考えての巧妙な戦法である。

「江戸に来てからの半年、不案内であったそちに皆がどれだけ親切にしてくれたことか。人々の気持ちに報いるためにも、まことのことを正直に喋ってみんか?」

お絹は唇を噛みしめるような仕草をしたが、それでも頑(かたく)なに口を閉ざしたままだった。

そこまでして沈黙を守るのは一体何故なのか、と桃井は訝(いぶか)った。素直に白状して赦しを乞えば、奉行や与力の同情を得られて罪も軽減されるであろうに。

「何とも強情な女だ」

近藤は大きなため息をついた。

「では与力が推察することを先に話そう。それを聞いて異論があれば申せ。よいな？」

近藤が戒めても、お絹は答えなかった。ただじっと地面を見つめているだけだ。

「そちは旅籠の客である小間物屋清三郎から道中差を盗んだ。それは金欲しさでも悪戯でもない。お園に打ち明けていたようにひそかに殺したいと願う相手がいたからであろう。そして、その殺したい相手とはずっと捜し求めておった蕎麦屋の喜八ではないのか。仇すべき人間であった喜八をとうとう見つけ出し、そちはついに決行のときが来たと考えた。そこで刀を盗んで敵討ちしようとしたのではあるまいか」

近藤の推理は、しごく的を射ていた。敵討ちであれば人を訪ねて江戸にやって来た理由にもなるし、刀を盗んだのも頷ける。

「答えよ、お絹。この機会がそちに対して与えられる精いっぱいの恩情じゃ。与力の言葉をあくまでもないがしろにするのであれば、もはや容赦はせん。盗み自体は軽罪であっても白洲を愚弄した罪は大きい。百敲きの刑に処することになるやもしれぬぞ」

近藤が珍しく凄むような声を出したのは、ここまで何の手がかりも得られていないことに焦っているせいもあった。

与力の脅し文句が果たしてどこまで通用するのか、と一同は緊張した。

屛風の蔭の桃井も扇を動かさず、静かに事態を見守っている。

「違います」

その声を聞いて全員がどきりとした。

喋ったのは、お絹だ。伏せていた目をキッと上げ、しっかりと近藤の顔を見ている。

「おお。喋ったな」

近藤は推理を否定された割にはうれしそうな声を出していた。吟味する相手によようやく気持ちが通じたことに安堵（あんど）しているかのようだ。

「敵討ちのために刀を盗んだのは与力様の仰る通りでございます。ですが、喜八さんは目ざす敵ではありません」

「では喜八を見つけたという点はどうじゃ。それはまことか?」

「はい。今回の事が起きるひと月ほど前、わたしはずっと捜していた喜八さんをとうとう見つけました。尾張屋で働いた帰り、芝に向かう途中の道で、◯に八の字の屋号を付けた担ぎの蕎麦屋さんとばったり出くわしたのです。喜八さんにお会いして話を聞いたおかげで、ようやくいろんな事情がわかってきました。自分には敵と呼ぶべき相手がいることがだんだんとはっきりしてきたのです」

「それで清三郎の刀を盗むに至ったというわけか……だが聞けば聞くほど疑問が深まりもするな。敵討ちというからには何らかの込み入った事情があるに相違ない。その点を詳しく話さねば正しい吟味ができぬぞ」

敵討ちを正式に許可されているのは武家だけであったが、町人や農民でも孝子の所業として大目に見られ、賞賛されることもままあった。お絹が肉親の敵を討つために盗みを働いたということであれば、情状酌量の大きな根拠ともなりうるのだ。

「そちは一体誰を殺そうとした？　討つべき敵は何者であったのか？」

「敵は、化けものでございます」

「化けもの？」

「はい。わたしが殺したい相手は、化けものでございます」

お絹の声が響いたとたん、誰もが言葉を失った。

白い砂利の上を一陣の禍々しい風がぴゅうと吹き抜けていく。

さすがの桃井も予期せぬ展開に唖然とし、坐ったまま目をしばたたかせていた。

第二章　流人

一

重い沈黙が続いた。しばらくは恐怖とも驚愕（きょうがく）ともつかぬ感情に誰もが支配されていたが、それが清三郎の一言で急に乱れて砕け散った。

「アホかいな。何が化けもんや」

清三郎は呆れたような声で叫んだ。

「相手はヤマタノオロチか鞍馬（くらま）の大天狗（おおてんぐ）か。まさか桃太郎の鬼退治やあるまいしなあ」

今や白洲は笑いの渦に巻き込まれている。同心や小者たちまで腹をゆすって哄笑（こうしょう）していた。

「黙れ、清三郎。余計なことを申すでない」

近藤はいつになく冷静さを失っていた。剽軽者(ひょうきんもの)の冗舌(じょうぜつ)に対して怒るというよりも、己の動揺を懸命に押し隠そうとしているかのようだ。

「お絹、よく聞け。白洲の神聖さを汚す所存であれば与力も容赦はせんぞ」

「申し訳ございません」

お絹は悪びれずに答えた。

「けれど、化けものと申しましたのは、ただの戯(ざ)れ言(ごと)ではないのです。わたしの話を最後まで聞いていただければ、まさにその相手が化けものだということがよくわかっていただけるかと存じます」

「では、そちは正気で云っておるのだな?」

「はい、狂ってはおりません」

「ならば、存分に語れ。ただし嘘はならんぞ」

「嘘はならぬということでしたら最初に謝らねばならないことが一つございます。わたしは佐平さんや旅籠のご主人やお園ちゃんに生国(しょうごく)を偽っておりました。房州の館山から江戸に来たと申しておりましたが、生まれ育ったのは全く違う場所でございます」

「ではどこだ? お前はどこで生まれた?」

います」

「八丈でございます」

「八丈とは伊豆の八丈島か。そちは流人なのか？」

「いえ違います。八丈の名を口にすると左様に思い込まれる方が多いので、つい嘘をついてしまったのですが、わたしは流人ではなく、島で生まれ育った島娘でございます」

お絹は膝を揃えて坐り直し、小さな咳払いを一つしてから中の間を見上げた。

「わたしが生まれました家は代々続く黄八丈の織屋でございました。母屋の隣に機を織る幡屋と糸を染める染め場がありまして、朝から晩までカタンカタンという機の音が絶えず、染料のぷんと鼻をつく臭いがそこかしこに漂っておりました。家族は三根村の村役も兼ねております父の杉下長右衛門と祖母のせいと母のまさと妹のみちとわたしの五人です。島に織屋は何十軒もありますが、幕府に貢納する上納反物を扱う家は数軒に限られておりまして、我が家はその中の一つでございました」

お絹の話を聞いた桃井は、納得したように頷いていた。

（なるほど。それでこの娘は黄八丈を軽々と着こなしておるのか）

黄八丈は八丈島特産の絹織物だ。

黄と黒と茶の三色が目を惹くほど華やかで、大奥の高貴な御女中から町人の娘たちに至るまで人気がある。

この着物は安永年間に『恋娘昔八丈』という人形浄瑠璃がきっかけで広まったといわれている。物語は享保の世に大岡越前守が吟味した白子屋お熊の事件――あの実話をもとにしているので単なる絵空事ではなかった。

夫の殺害を企てた城木屋お駒が死罪を云い渡され、市中引き廻しの上、鈴ヶ森の刑場へと向かう。裸馬に乗せられたお駒が艶やかな黄八丈をまとう姿が美しくも悲しみを誘い、女たちの心を強くとらえたのだという。

「織屋の娘は、よちよち歩きをはじめたころから糸の太さや強さを教えられます」

お絹は静かに語った。

「もみじのような小さな手で糸を繰り、祖母や母に手を添えられて様々な技を仕込まれるのです。黄八丈は手で織るのではない。女の心で織るのじゃ。心が乱れていると糸も乱れる。縦糸と横糸、それがしっくりと夫婦のように交わらなければ望む色や模様は出せぬ。少しでも気を抜いたり、退屈して欠伸をしたりすると大変です。祖母がいつも手にしている杖で腕や脚をビシッと叩かれたりもしました」

「厳しい躾だな。さすがは由緒ある織屋の娘だ」

「八丈島は江戸と違って貨幣というものが通用しませんので、黄八丈の売り反物が小判代わりになっていて、それと引き換えに米や野菜、綿や油などを手に入れることができるのです。八丈では機織りができなければ一人前の女として認めてもらえませんし、嫁取りの際も器量より機織りの腕で決めるほどでした。他の島なら女であろうと漁や野良仕事の手伝いをして当たり前ですのに、八丈の女たちだけは機を織る手指を傷めるからという理由で力仕事から遠ざけられたりもします。一年前のわたしも朝早くから夜遅くまで機の前に坐っておりました。あの日が訪れる前までは……」

「あの日とは、どの日だ？　いつのことか？」

近藤が訊くと、お絹は懐かしむように微笑んだ。

「忘れもしません。あれは今から一年近く前の三月十日――海風が吹きつける、まだ肌寒い朝のことでした。うちの近くの神湊（かみなと）の入り江に、待ちに待った春船（はるぶね）が着いたのです」

「春船とは流人船のことだな？」

「そうです。八丈の春は春船に乗ってやって来るといわれています。罪人たちの船を待ち焦がれるなんて気味が悪い。お江戸の方々は眉をひそめられるやもしれませんが、日ごろ代わり映えのない暮らしをしている島人（しまびと）たちにとって船が湊に着くという知らせは一大事なのです。鳥も通わぬ八丈島。海上百里とも百二十里ともいわれる遥かな道のりでございますから、今年も無事に着いたと聞くだけで、ただただうれしくてなりません」

遠島を申しつけられた流人は、年に二度、春と秋に船で送られる。八丈島と御蔵島の間には黒瀬川と呼ばれる海流の速い難所が横たわっていて、ここを乗り切るのは容易ではなかった。いざ出航しても風向きや潮流が悪いと引き返さねばならなくなるので、船は八丈に行く前にいったん三宅島に碇を下ろすことになっていた。

江戸を春船で出た者は三宅島で秋船を待ち、江戸を秋船で出た者は三宅島で年を越して次の春船で八丈に渡るのだ。

「プォ〜、プォ〜と、ほら貝が船の到着を知らせると、迎えの者たちが湊に向かいます」

お絹は上陸の様子を教えた。

「島の地役人、名主、百姓五人組の組頭、書役、流人頭などなど。出迎えとは関係のない流人たちまで集まってくるのは、どんな新参者がやって来たのかをじっくり見分するためでしょう。その春の流人は全部で六人いました。一人はお坊様で一人はお武家様。他の四人は町人で、その中にあの人がいたのです」

「あの人とは誰だ？　どんな奴だ？」

「わたしは他の流人たちから少し遅れてくる若い男に目を止めました。背がひょろりと高くて、ほっそりとした躰つき。色が白くて、月代を剃っていない額に黒い前髪が垂れていて、それが海の風を受けて微かに揺れています。ちょっとすねたような感じで唇の端を歪め、懐手（ふところで）をして猫背気味の俯き加減で歩いている。その横顔には、何となく人を惹きつけるような暗い翳（かげ）りがありました。あの人は他の人たちと何かが違っている。一体どんな罪を犯してやって来たのかしら。そんなことを思いながら見つめていたら、ふとその人と目が合いました。わたしはすぐに目をそらしましたが、向こうはまだじっと見ています。そのまなざしを頬に感じるだけで、わたしは胸を締めつけられる思いがしました」

「一目惚れというやつか」

　近藤はふっと笑った。

「若い娘は厄介じゃのう」

「無事に上陸が終わると、次に待っているのは村割りです。八丈の村は三根、大賀（おおか）郷（ごう）、樫立（かしたて）、中之郷（なかのごう）、末吉（すえよし）と全部で五つありますが、島に着くまでは誰がどの村に割り当てられるかも定まっておらず、各村の名主や年寄が集まって籤引きで決めていくのです。ここだけの話ですが、村同士はとても仲が悪うございまして……。村によって田畑の広さも懐の事情も全く違う。余裕のある村とそうでない村があるのに、一緒くたにして籤引きで決めるのは理屈に合わんと怒る名主たちもいました」

「そちが惚れた男は、どの村に決まったのだ？」

「ひそかな想いが通じたのでしょうか。その人はわたしが住む村に引き取られることになりました。残った籤の最後の最後に、三根村の名主が引き当てたのだそうです」

「出雲の神の引き合わせやもしれぬな。なかなか運のいいおなごじゃ」

「わたしの胸はうれしさに満たされる一方で大きな不安にも襲われました。流人たちは上陸してから三日間の休息を与えられますが、それを終えると組頭に伴われて陣屋という役所に赴くことになっています。喧嘩口論はならぬ。盗みや狼藉はもってのほか。抜け舟は断じて許さん。地役人から島の掟を教えられて各自の名前の下に爪印を押したあとには、ただ一言――以後は『当人勝手次第に渡世すべき事』と云い渡されます。住まいだけは掘立小屋同然の流人小屋を与えられはするものの、食べるものも着るものも貰えません。好きに生きてゆけというより、勝手に死ねと突き放されたようなものなのです」

流人たちは労役を科せられるわけではないが、毎日を自給自足で過ごさねばならない。江戸から金をいくら隠し持って来たとしても島では無意味である。貨幣が通用せぬ八丈では欲しい品物を買うことすらできないからだ。米や着物を手に入れたいと思ったら、国許（くにもと）の家族や親戚から見届物（みとどけもの）を送ってもらうことを期待するしかなかった。

働き口も限られている。武家や僧侶であった者は書や学問を教えたり、大工や鍛冶屋をしていた者は手職を生かしたりするが、そういう知恵や技を持たない者は畑や浜で百姓や漁師の手伝いをして芋や魚を分けてもらうしかないのだ。

「仕事にありつけなかった人は海に入って小魚や海藻を取ったり、山に登って木の実や野草を集めたりせねばなりません。中には玉石拾い（たまいしひろい）といって磯や岩場で石を集めてくる者もいます。八丈では風雨をしのぐために家の周囲に石垣をめぐらせるのですが、それに使う丸い石を持って行くと引き換えに粟粥（あわがゆ）を一杯貰えるのです。時化（しけ）の日の方が荒波に揉まれた形のいい石が取れると聞いて、無理して嵐の中に出て波にさらわれてしまう者も少なくありません。仕事もできない、石も拾えないとなると家々の門口に立ち、物乞いをして命をつなぐしかなくなってしまいます」

「ふむ。罪を償い、悔い改めるためとはいえ、過酷であることに変わりはないな」

近藤は自分が島送りにした罪人たちのことを思っていた。その中には御赦免によって無事に江戸に戻り、真人間として更生した者もいるが、遠い海の向こうの暮らしが肌に合わず、送られた島で病にかかったり飢え死にしたりする者も少なくなかった。

「昔から八丈の女たちは海を渡って来た人間に対してやさしく、新人好みだといわれてきました。〽沖で見たときゃ鬼島と見たが　来てみりゃ八丈は情け島。古くから唄に歌われたりするのも、この島が流人たちを見捨てず、その淋しさや辛さを和らげてあげていたからに違いありません。困っている流人を見ると、水を汲みに行ってあげたり、料理をつくってあげたり、破れた着物を繕ってあげたり……。日ごとに互いの心を通わせているうちに、いつしか夫婦の縁を結んでいく。そんな女を八丈では潮汲女といいます」

「島の娘は世間を知らぬからな。江戸の男に騙されやすいのではないか」

「別に騙されたわけではありません。どこから見てもあの人の華奢な躰つきに畑仕事や漁は似つかわしくありませんでした。何か別の働き口を見つけなければ、すぐに朝晩の食べ物にも困ってしまうに違いない。あの人は、これからどうやって生きてゆくのだろう。そう思うと気が気でならなかったのです」

「乙女心の切なさか。さぞかし夜も眠れずに悩んだことであろう」

「わたしは床の中で一人鬱々としていたとき、ふっと思い出しました。染め場に人手が足りていない、と染め職人の頭をしている吉蔵さんがこないだうち悩んでいたのです。四十年近く働いていた甚助爺さんが亡くなってから仕事がうまく回らなくなっている。染料の素になる草木を刈る者や水桶を運ぶ者がいないと、そっちに時間をとられて肝心の染めの作業が進まなくなってしまう。そろそろ誰か若い人が来てくれないと、いずれ困ったことになる。これだ、とわたしは思いました。罪深い流人は大奥に納める上納反物を織ることはできませんが、染め職人になることまでは禁じられていません。糸を染めたりは無理かもしれないけれど、ちょっとした手伝いぐらいなら、あの人でも務まるかもしれない。わたしは心に決めました。よし、行こう。あの人に会いに行こう、と」

二

桃井は我慢できずに莨盆を引き寄せ、煙管を取り出して一服つけた。

お絹の語り口はなかなか面白いが、本筋に至るまでには、まだまだ時を要しそうだ。

化けものの正体がいつ暴かれるのか。それを楽しみにして聞いていたというのに、蓋を開けてみれば島娘と流人との他愛ない恋物語ではないか。

女の話は、これだから困る、と桃井は苦々しく思った。

回り道が多くて単刀直入ということを知らない。

(女も女だが、近藤も近藤だ)

と桃井は筆頭与力に対しても苛立ちを感じはじめていた。

いくら丁寧な吟味を心がけているとはいっても、いたずらに時間をかければいいというものではない。近所の隠居が町娘の相談に乗っているのではないのだから、何から何まで微に入り細をうがって問いただす必要はないのだ。

近藤は顔だけでなく、考え方自体が四角四面なところがあった。

あまりに女が云うことを聞かぬのなら、あれこれと理由をつけて拷問することだってできるのである。建前上は御法度になっていたとしても、法というものには必ず抜け道がある。規則を大事にするのは大切だが、規則には常に例外というものが付き物なのだ。

それにしても、わざわざ奉行を呼びつけたにしては要領が悪過ぎる。たまには人情与力の看板を下ろして、てきぱきと段取りよく事を運べないものなのか。

こんなことなら、やはり昼寝でもしている方がよかった、と桃井は悔やんだ。近藤の部下たちが文句を云ったりするのも、なるほどと頷ける気がする。

「会いに行くとは、どこに会いに行くのだ？」

近藤が余計なことをまた訊いていた。

「三日間の休息のあいだ、流人たちは百姓五人組の組頭の家にお預けとなります。うちの村の組頭は牛飼いの又兵衛さんでしてね。その家の近くには父の妹にあたる叔母の住まいがあったのです。わたしは頼まれた反物を叔母に届けに行くというのを口実にして家を抜け出しました。組頭の家に着いて、畑の脇の草むらの蔭に隠れて様子を窺っていると、しばらくしてあの人が又兵衛さんと一緒に来るのが見えました。二人が話すのを盗み聞きしているうちに、わたしは初めてあの人の名を知ることになります。『あっしは菊次郎と申しやす。菊の花の菊と書いて菊次郎。秋に生まれましたもんでね』低く呟く声を耳にして、わたしの胸は高鳴りました。心がぶるっと震えるようでした」

そこまで聞いて桃井は思わず莨にむせ、ごほごほと喉を鳴らした。

若い娘の初心な恋心を嗤ったのではない。

お絹が口にした相手の男の名に、ふと心当たりがあったからだ。

（菊次郎……それは、もしや、あの菊次郎なのか？）

桃井は不吉な予感がした。

喉の奥が焼けつくようにいがらっぽく、痰（たん）がからんで不快な気分が漂う。

「ようやく男の名が知れたな」

近藤が苦笑いしながら尋ねた。

「その菊次郎はいくつだ？」

「二十四だと云っておりました。わたしより五つ上です」

「罪状は何だ？」

「そのときはどうして島送りになったのかという話にはなりませんでした。でも、菊次郎さんのやさしい目つきや穏やかな物腰を見ていると、どう考えても盗みや人殺しをするような残虐な人には見えなかったのです」

「人は見かけによらぬというぞ。惚れた欲目ではないのか」

「菊次郎さんは見かけ通りの町育ちでした。生まれは江戸の浅草（あさくさ）だそうです。島というものに来たのも初めてだし、野山を歩いたことも滅多にないと云っていました」

「左様な優男に染め職人の仕事がちゃんと務まるのか？」

「牛や馬の世話をするよりかはマシだと思ったのです。でも面と向かって話す勇気がなくて、どうやって切り出せばいいのかわかりません。わたしは二人が牛小屋の方に行くのを見て一計を案じました。菊次郎さんが寝起きしているという納屋に入り込んで、そこに文を残すことにしたのです。帯のあいだから矢立を取り出し、懐紙に一行書いてから納屋の奥へ行きました。『三根の長右衛門の染め場に人手が足りません。よければ、どうぞ。かしこ』その文を蒲団代わりの藁の上に置くと、わたしは逃げるように立ち去りました」

「もはや恋文だな」

　近藤はお絹をからかった。

「それにしても八丈の生まれで字が書けるとは、なかなか大したものではないか」

「わたしは幼いころから近所の手習い所に通わされておりました。父が染め職人の割には学問好きで、本を読んだりするのを好んだせいでしょう。流人として渡って来た神主のお師匠様から読み書きやそろばん、江戸の言葉遣いなどを学びました。時どき思いついて詩や歌を書いたりもするので筆と懐紙をいつも携えることにしています。女には学問なんか要らない。本や歌よりも早く婿取りをせよと祖母は叱りますけれど、こうやって皆様の前でお喋りすることができるのも学問をしたおかげです。もし八丈の方言のままで話したとしたら何を云っているのか一言もご理解いただけないでしょうから」

「で、愛しい菊次郎から文の返事は来たのか？」

近藤が問うと、お絹は首を振った。

「いいえ。文よりも先に当の本人が現われました。三、四日経った昼下がり、うちの染め場にふらりとやって来たんです。吉蔵さんはうさん臭そうな目つきで菊次郎さんのことを見ていましたが、話すにつれて打ち解けていきました。黄八丈が江戸の娘たちにえらく評判なこと。島に来る前から、あのきれいな色をどうやって出すのか知りたかったこと。菊次郎さんがそんな話をしたおかげで、だんだんと気に入ったのでしょう。試しに染料の入った桶を運んでみろ。草木を山で刈ったりする仕事をやってみろと云ってくれました。『ありがとうごぜぇやす。あっしにできることなら何でもやらせていただきます』と菊次郎さんは明るく微笑みました。わたしもうれしくてうれしくてなりませんでした」

「お絹。ちと不躾（ぶしつけ）なことを尋ねるが……」

と近藤はためらいながらも訊いた。

「それほど菊次郎に惚れ込んだのは、そちにとって初めての恋であったからか？」

「はい……」

お絹は、ほんのりと頰を赤らめた。

「男の人を遠くから眺めて憧れるようなことは何度かあっても、心の底から好きだと思ったことはまだ一度もありませんでした。そういう意味では初めてかもしれません」

「流人など相手にせずとも、そちの器量なら引く手あまたであろうに」

「たしかにこんなわたしにも縁談のような話は幾つかありましたが、どういうわけかうまくいきません。力丸さんという隣村の織屋の次男坊に引き合わされたときも、あまり気が進みませんでした。力丸さんは背が高くて眉毛が太く、かなりの偉丈夫でしてね。家格もうちと同等で不満はないし、染め職人としてもいい腕をしているそうなのですが、勧められれば勧められるほど心が後ずさりしてしまうのです。その人が好きとか嫌いとかいうより、親に婿を押しつけられるのが気に染まないのかもしれません」

「やはり相当な頑固者らしいな。左様な考えでは幾つになっても嫁に行けんぞ」

「八丈の女は気が強いのです。男たちが農業や漁業をするかたわら、女たちはせっせと黄八丈を織って江戸に送る。いわば家でいちばんの稼ぎ頭ですから、男より気位も高く、嫁に行っても眉を剃り落としたり歯を黒く染めたりせずに済みました。八丈が〝女護が島〟と呼ばれたりするのも実際に男より女の数が多いせいです。江戸なら男の子が生まれると跡継ぎができたと大喜びするのでしょうが、島では逆です。女が生まれれば織り手がまた一人増えたといって祝われますが、男は食い扶持が増えるだけだと嫌がられ、間引きされたりもします」

お絹は川の水が流れるように活き活きと話した。

この自在さは堰き止めていた感情が一気に解き放たれたからなのか。それとも恋しい男を想う気持ちが女の舌を滑らかにさせているのか。

お絹の目は輝き、表情も潑剌としていた。あれほど頑なに押し黙っていた娘と同一人であるとは信じられぬほどであった。

三

「お絹。八丈のことはようわかったが、敵や化けものの件はどうなったのだ?」

我慢強い近藤もさすがに焦れた様子で問いかけていた。

吟味にとりかかったのが、たしか八ツ半（午後三時）ごろだった。あれからすでに一刻（二時間）近くは経っている。

「それは、もうしばらくあとの話でございます」

お絹は講釈師のような口振りで答えた。

「菊次郎さんが来てから、わたしの毎日は変わりました。寝ても覚めても思うのは、あの人のことばかり。機を織る手も落ち着かず、つい染め場に顔を出すことが多くなりました」

「菊次郎もそちの気持ちに気づいたのか？」

「気持ちのことまではわかりませんが、わたしの書いた字を見て、菊次郎さんはハッとしました。納屋に残した文の字と同じだとすぐに悟ったのです。『あんただったのかい』と菊次郎さんは呟きました。『その字をよく憶えてるぜ。走り書きなのに、とても几帳面な手だった』菊次郎さんは文を読んだときの心持ちを教えてくれました。『ずっと辛い目にばっかし遭ってきたからな。久しぶりにやさしい言葉に出会って、心底うれしかったぜ』と」

「地獄で仏か……そちは菊次郎の観音様だったわけだな」

「それからしばらく経ったある日、わたしと菊次郎さんは二人で森に出かけることになりました。途中にある野原の中を歩きながら、あれこれといろんな話をしました。わたしは島育ちではない菊次郎さんに珍しい草や花の名前や蝮の毒を使った狩りの仕方などを教えてあげました。菊次郎さんで、わたしが見たことのない江戸の町の様子を語ってくれました。菊次郎さんは菊次郎さんで、わたしが見たことは隅田川の夜空にきれいな花火が上がること。両国には大きな橋がかかっていて夏には小屋がたくさん並んでいて、朝から晩まで人通りが多くて賑やかなこと。浅草には歌舞伎や浄瑠璃や見世物んは役者の顔真似や声色をして笑わせてくれたり、とっておきの芸まで見せてくれたんですよ」

「芸とはどんな芸だ？　菊次郎は幇間や噺家でもしておったのか？」

「いいえ。あの人は幇間でも噺家でもなく、とびきり腕のいい手妻師でした。空っぽの掌の中から小石を幾つも取り出したり、それをサッと骰子に変えてみせたり。飛んでいる蝶を捕まえたかと思うと、一瞬のうちに野原の花に生まれ変わらせて、わたしの髪にそっと挿してくれたりもしました。まるで夢か幻を見せられているかのよう。どうやったら、そんなことができるんだろうと、わたしは菊次郎さんの鮮やかな手つきに驚くばかりでした」

菊次郎は捨て子で天涯孤独の身の上だったらしい。産みの親の顔も知らず、雷門の近くの路地で襤褸にくるまれて泣いているところを拾われたのだという。

育て親が見世物小屋をやっていた柳川有楽斎という名の手妻師だったため、幼いころから様々な芸を仕込まれ、いつのまにか一人前の腕を身につけていったのだそうだ。

「色男の上に手妻師か……ならば惚れるのも致し方ないな」

「わたしは菊次郎さんのしなやかな指先を見て、うっとりしました。そんなに得意な芸があるのなら、この島にいても十分やっていける。あちこちで手妻を見せるだけで、きっと食べてゆける。一人ではしゃいでいると、菊次郎さんは喜ぶどころか口元を歪めました。『こんなもん、何の自慢にもならねえ』菊次郎さんが苦い顔をするのには、それなりの理由がありました。遠島の罪に問われたのは、その手の器用さが災いしたせいだったのです」

桃井は屏風の蔭で大きな舌打ちをした。

（やはり、あの菊次郎であったか……）

何も知らぬ近藤は呑気に構えているが、このまま放っておくと、お絹は何を喋り出すかわからない。いっそ白洲に躍り出て、あの女を牢に押し込めてしまおうか。

それよりもさっさと詮議を終えて、女を早く八丈に帰してしまった方がいいのやもしれぬ。

桃井は湧き上がる衝動を懸命に抑えた。

（いや、慌てるな。ここは我慢が肝心だ）

一瞬浮かせかけた腰を再び静かに畳の上に戻す。

「ほほお。それは珍しい罪状であるな」

近藤は意外そうな顔をした。

「恐らく手先の器用さを悪用して罪を犯したのであろう。悪い仲間にそそのかされて掏摸(すり)や錠前破りでもやったのか？」

「違います。菊次郎さんはただ手妻を披露しただけです。なのに、なぜか番所のお役人に捕らえられてしまったのです」

菊次郎は柳川秋菊(しゅうぎく)という名で舞台に出ていた。

師匠である有楽斎は紙の蝶を空中で乱舞させたりする派手な演し物(だしもの)で売っていたが、菊次郎が得意にしていたのは〝夢玉子(ゆめたまご)〟という不思議な芸だったらしい。

台の上に鶏の玉子をたくさん並べておき、一つずつ取り上げて丼の中に割っていく。最初の二つ、三つは本物だが、途中から中身がどんどん変わっていき、最後には殻の中からたくさんの一文銭を夢のようにザクザクと取り出してみせるのだ。

「菊次郎さんは、その手妻を歌いながら演じました。〽カネカネカネ～　金は天下の回り物。あるとこにゃあるが、ねぇとこにはねぇ。ああ、困った困った困ったねぇ～。金を生む玉子はどこぞにござらんかねぇ～。そんな文句を口ずさみながら客席の中を練り歩き、貧しい人たちに一文銭を配っていくのです。客は両手を差し出して、こっちにくれ、俺にくれ、わたしにちょうだいと大声を上げて喜んだ。芸が面白い上に、あの男前ですから。世の中を皮肉ったような戯れ唄も〝カネカネ節（ぶし）〟と呼ばれて大受けし、たちまち人気者になりました」

「面白そうな手妻だな。金を生む玉子とは、なかなか洒落ておる」

「やがて菊次郎さんの評判は高まり、金持ちたちのあいだでも噂になりました。玉子から銭を取り出すという験（げん）の良さが欲深い商人連中に気に入られたのかもしれません。見世物小屋だけではなく、吉原（よしわら）や柳橋（やなぎばし）のお座敷にも呼ばれるようになったのです」

「えらく出世したもんじゃないか。定めし祝儀を稼いだことであろう」

「でも、菊次郎さんは喜べませんでした。貧しいお客さんたちを相手にしているときには一文銭でもよかったのですが、金持ち連中は贅沢きわまりない。一文銭とはえらくシケてるじゃないか。その玉子から黄金色の小判を取り出してみせたなら、同じ額の祝儀をはずんでやろう。小判じゃ大きすぎて入らねぇから、お前さんの腕じゃ無理だろうがな』上総屋藤兵衛という意地の悪い材木商に馬鹿にされて、菊次郎さんはカチンときたのです」

「そこは我慢が肝心だな。お大尽に逆らうと座敷もかからなくなる」

「けれど菊次郎さんには意地がありました。その夜から手妻のタネを工夫し、小判を殻に入れるにはどうすればいいか考えたのです。幾晩も悩んだあげく、菊次郎さんはとうとう名案を思いつきました。知り合いの鍛冶屋さんに頼んで本物そっくりの曲がる小判を造り出して玉子の殻の中に上手に隠してしまったのです。一文銭が出てくると思い込んでいた客たちは、目の前にキラキラした小判が転がり出るのを見て驚き、褒めそやしました。ただ一人、例の上総屋だけが苦々しい顔をして懐から財布を取り出し、菊次郎さんに渋々三十両ほど支払ったのだとか。菊次郎さんは金を受け取ったあと、また新しい玉子を取り出して上総屋の頭の上に持っていきました。『もういい。小判はたくさんだ！』怒鳴る上総屋の額に本物の玉子を割りつけて顔一面を黄身や白身だらけにし、まんまと鼻を明かしてやったのだそうです。

〽カネカネカネ〜　金が敵の世の中じゃ　金さえあれば　何でもできる　馬鹿でも

間抜けでも出世する　お医者様にお坊様　お奉行様にお大尽様　色は白いが腹の中は真っ黒じゃないのかね〜　調子に乗って、そんな戯れ唄までひねり出したと聞きました」

「ハハハ。してやったりとは、このことだな。上総屋は烈火のごとく怒り狂ったであろう」

「菊次郎さんも少々やりすぎたと思ったのでしょう。ほとぼりを冷ますためにしばらく江戸を離れて巡業の旅に出ることにしました。でも半年経って上方から帰ってきたら、いきなり番所の同心にお縄をかけられてしまったのです。罪状は騙り（かた）と贋（にせ）金鋳造（がねちゅうぞう）、さらにはご公儀への反逆。お役人たちは菊次郎さんに向かって云いました。『お前は怪しげな芸で世の中の人間を騙した。手妻と称してご禁制の贋金まで扱った上、ふざけた戯れ唄でお奉行様まで皮肉った。まことに不埒千万（ふらちせんばん）である』。それは違うと菊次郎さんは訴えました。あの小判はただの手妻のタネで贋金なんかじゃねぇ。唄だって、ほんの洒落だ。御上に歯向かうつもりなんか、さらさらねぇ。俺はお客を楽しませてるだけだ。金も名もない町人に、一時（いっとき）のはかない夢を見せてるだけなんだ。懸命に反論しましたが聞き入れてはもらえず、とうとう島送りになってしまったのです。菊次郎さんは何も悪いことをしていません。アッと驚くような手妻でたくさんの人を楽しませただけなのに、それがどうして罪になるのですか。わたしは悔しくて腹立たしくてなりません」

話しているあいだに感情が昂(たかぶ)ってきたのだろう。お絹は目に涙まで滲ませていた。美しい娘は怒っても泣いても麗しい、と桃井は思った。光る涙が春の陽に照らされて水晶の粒のように輝いている。

四

近藤は腕組みをして眉間に皺を寄せた。

敵討ちや化けものの話が流人と島娘の恋物語になり、いつしか贋金造りやご公儀反逆の罪にまで及んでいる。謎を解くために設けた時間がさらに謎を深めてゆくかのようで、ただ悩ましさが増すばかりだった。

「お絹。そちは菊次郎が捕縛された正確な日付を存じておるか？」

近藤が尋ねると、お絹はすぐさま答えた。

「はい。今からおよそ二年前の三月四日でございます」

「二年前か……であれば、まだ身共の範疇(はんちゅう)ではないな」

近藤は四十半ばまで吟味方に属していたが、その後、小伝馬町（こでんまちょう）の牢屋見廻（ろうやみまわり）や小石川（こいしかわ）の養生所見廻（ようじょうしょみまわり）など縁の下の力持ちのような諸役を転々とし、一年前に古巣に戻ってきたばかりだった。

この人事の背景には、桃井の策略も微妙に絡んでいる。

奉行として赴任した三年前、桃井は前任者を慕っていた者たちから反感を買い、思うような裁きができなくなっていた。そこで目障りな反対勢力を排除するために、古参の与力や同心たちを遠ざけて徐々に南町から追い払っていたのだ。

人事を巧妙に操った甲斐があって、今ではほとんどの顔ぶれが入れ替わっている。近藤を含め、菊次郎の案件を知る者が皆無なのは、その策謀の帰結なのであった。

「実際にその吟味に関わったわけではないので詳しい経緯はわからぬが……」

と近藤は前置きしてから、お絹に諭した。

「贋金造りは紛うことなき天下の大罪なのじゃ。島送りどころか打ち首になっていてもおかしくはないのだぞ」

「菊次郎さんは贋金で金儲けしようとしたのではありません。小判といってもただの見せかけだけで、表はそれらしく見えますが裏には何も刻まれておらず、のっぺらぼうだったというのです。誰が見たって、ただの手妻のタネ。歌舞伎の小道具なんかと同様で、贋金と呼べるような代物ではありません」

「贋金の件はともかく、そのカネカネ節というのが少々聞き捨てならぬな。〽金さえあれば　何でもできる　馬鹿でも間抜けでも出世する　坊主や医者の蔭口を叩くだけならまだしも、権威あるお奉行様まで愚弄するとは、ちとけしからんではないか」

「たしかにけしからぬことかもしれませんが、その程度の皮肉やあてこすりは町人なら誰でも口にするものではございませんか？　巷にはびこる落首や狂歌などの辛辣さに比べたら、目くじら立てて怒るほどのことでもありません。ましてや文字に書かれて、あちこち配られたりするわけでもないのです。ただ歌われて、その場限りで消えていくだけなのですから」

「見せしめ、という意図もあったやもしれぬな」

　近藤は推察した。

「己の人気に増長し、民を惑わす者を御上は好まぬのだ」

　芸人や戯作者などが幕府の怒りに触れて罰せられることはしばしばある。

　江戸落語の開祖と呼ばれる鹿野武左衛門は喋った噺が騙りのきっかけになったという罪で伊豆大島に流され、絵師であり幇間でもあった英一蝶も生類憐みの令に違反したとされて三宅島で十二年もの時を過ごした。

　講釈師の馬場文耕に至っては、毒舌によって幕政を批判した科により打ち首の上、獄門。山東京伝や為永春水などの戯作者たちも書いた本が風俗に害を及ぼすとされて手鎖五十日の刑に処せられている。

「けれど、与力様。このお裁きには、一つおかしいところがあるように思えるのです。わたしはその点がどうにも解せません」

「何がおかしい。どこが気に食わぬ？」

「もし菊次郎さんの手妻がそんなにも罪深いものなのなら、どうしてもっと早くお縄にかけられなかったのでしょう。贋金やカネカネ節が問題なら、小判の一件があった直後で然るべきです。半年も経って上方から帰ってから捕まったのは、ちと妙ではございませんか？」

「妙といえば妙だが……贋金造りの証拠を固めるために時を費やしたのやもしれぬぞ。どうしても江戸で捕縛したくて菊次郎の帰りを待っておったのではないか？」

「罪人をのんびりと待つほど奉行所がお暇なようにも思えません。待っているあいだにどこかに逃げてしまったら如何なさるのですか」

「む……」

近藤は答えに窮して口ごもった。

「わたしは、その半年のあいだに何があったのか菊次郎さんにたしかめてみました。もしかしたら捕縛されたのは手妻のことだけではなく何か他の件と関わりがあるのではないかと思ったのです。菊次郎さんは、しばらく考えてから答えました。『そういえば、旅に出る前に、ある人との大事な出会いがあった』と」

「ある人？　それは誰じゃ？」

「人気絶頂だったころの菊次郎さんは自堕落な暮らしを送っていたようです。金を湯水の如く使って浴びるほど酒を呑む。手先が器用なせいで博奕にも強く、イカサマなんかもして楽しんでいた。女も取っ替え引っ替えし、いつも一夜限り。あちこちで浮名を流していたのだとか。ところが、ある日、ふらりと入った蕎麦屋で思いがけない人と再会したのです。それはお鈴さんという幼なじみの娘で、菊次郎さんが生まれて初めて惚れた女でした」

お絹は今からまた別の恋物語を語ろうとしている——それを悟った桃井はますます険しい顔になった。内心の苛立ちは、すでに頂点に達している。

（もはや我慢ならぬ。これ以上は黙っておられぬ）

桃井は吸っていた煙管を腹立ちまぎれに強く叩いた。

そのせいで熱い灰が四方に飛び散り、畳が黒く焦げてしまった。

「お鈴とは初めて聞く名だな」

近藤は訝しげな目をした。

「蕎麦屋の客か？」

「いえ、お鈴さんは喜八さんの一人娘です。あの蕎麦八の喜八さんの」

「おお、そうか。これで話がつながったな」

「お鈴さんは菊次郎さんより二つ下。昔は父親の商いを手伝っていましたが、そのころは、本郷にあるお武家様のお屋敷に行儀見習いに出ていて、たまたま宿下がりで家に帰って来ていたのだそうです。久々に会ったお鈴さんは見違えるほどの美しい娘に成長していました。思わず惚れ直した菊次郎さんは『お鈴ちゃん。俺の女房にならねぇかい』と冗談めかして云ってみましたが、お鈴さんは冷たい返事を投げつけるだけでした。『菊さんはえらく変わっちまったね。昔はそんなヤクザな人じゃなかったのに、今は何だか偉そうで無理に肩肘張ってるように見えるよ。あたしの知ってる菊さんは、お金は持ってなかったけど目が澄んでてやさしかった。あのころの菊さんだったら喜んでお嫁に行ったかもしれないけど、今は死んでもイヤ』そう云われて菊次郎さんは、ウッと黙るしかなかったそうです」

「ふふふ。菊次郎め、振られよったか」

「お鈴さんの一言が心に鋭く突き刺さったのでしょう。菊次郎さんはその日から生まれ変わろうと決心しました。酒も博奕もやめるし、女遊びもやめる。上方への巡業から帰ってきたら、もう一度会ってくれ。生まれ変わった俺を見てくれ。そう云って指切りして江戸を発った。菊次郎さんは旅先から文を書いて何通も何通もお鈴さんに送り続けたそうです。離れてみればみるほど、お前のことが恋しい。お鈴のことが愛おしいと……」

「殊勝な心がけだな。遊び人がえらく純情になったもんだ」

「なのに半年後。江戸に戻ってきた菊次郎さんは途方にくれました。蕎麦八の店は跡形もなく消えてしまっているし、喜八さんやお鈴さんの行方もわからない。しょんぼりして家に帰ってフテ寝していると、いきなり岡っ引きや同心が押しかけてきて、そのまま番所に連れていかれてしまった。何が何だか、まるで訳がわからない。狐につままれたような話だとはお思いになりませんか？」

「狐は、その女だったのではあるまいか」

近藤が似合わぬ冗談を口にした。

「菊次郎と約束を交わしておきながら、留守中に他の男とねんごろになって駆け落ちでもしよったのやもしれぬぞ」

「娘が駆け落ちしたからといって、父親の蕎麦屋の店までなくなるのは変でしょう。単に店がなくなったのではなく、跡形もなく消えてしまっていたのです。その場所は更地になっていたというのですから、あまりに謎めいてはおりませんか？」

「たしかに謎めいてはおるが、お鈴や喜八に起きた出来事と菊次郎の一件がつながっているようにも思えんな。その謎が、そちの敵討ちと何か関わりがあるのか」

「はい。大いにございます」

お絹は自信ありげに云った。

「与力様は、二年前の事件をご存じないので、わたしの話を眉唾だとお思いになるかもしれません。申し訳ございませんが、この機に菊次郎さんやお鈴さんや喜八さんについて、もう一度詳しく調べ直してはいただけませんでしょうか」

「ふむ……」

近藤は眉間に皺を寄せながらも傍にいる書役を手で招き寄せた。

「とりあえず、その件に関する書類をここに持って参れ。一度、身共が目を通してみよう」

「はあ。されど……」

命じられた書役は急な命令におろおろしている様子だった。二年前の記録を引っ張り出すのには、かなりの時を要します、しばしご猶予をと云い訳めいたことを口にしている。

近藤が書役と小声で密談していた、そのときだった。やにわに背後から鋭い声が聞こえた。

「左様な調べは無用じゃ」

驚いて振り返ると、そこには奉行の桃井がいた。中の間を見下ろすような恰好で、すっくと立っている。

「お奉行様じゃ。平に平に」

突這同心たちが慌てふためき、次々と砂利の上に平伏している。小者たちは町人たちを耳元で叱りつけ、頭を押さえつけて土下座を強要していた。

誰よりもうろたえたのは近藤自身だった。

自分の吟味にどこか落ち度があったのではないか。お奉行のご機嫌を何か損ねてしまったのではないか。額にだらだらと汗をかいて蒼ざめ、蛙の如く両手をついたまま凝固していた。

第三章　奉行

一

気がつくと暮六ツ（午後六時）近くになっていた。

いつのまにか日が暮れかけている。西の空から差し込んだ夕陽が白い砂利をうっすらと紅く染めているのが見えた。

「南町奉行、桃井筑前守憲蔵である。只今より余が直々に吟味いたす」

桃井は堂々と宣言したあとで上の間に坐り、近藤の方に顔を向けた。

「吟味を中断させたのは筆頭与力の才覚を疑ったゆえではない。異例のことでさぞかし驚いたであろうが、案ずることはないぞ」

「ははあ」

その場で畳に額をつけた近藤を見下ろして桃井は慰めるように云った。

「頑なに沈黙を守っておった科人をついに喋らせるに至った手腕は、実に見事であった。さすがは人情与力。奉行も屛風の蔭で感服しておったぞ」

「有難きお言葉……痛み入りまする」

「ただしな、近藤。其の方の吟味は少々くど過ぎるきらいがある。何事も要領というものが大切であるぞ」

「申し訳ございませぬ。以後、心して務めます」

まだ頭を上げずにいる近藤をよそに、桃井は白洲を見渡した。

「旅籠尾張屋女中お絹、面を上げぃ」

その声を聞いて、土下座していたお絹がゆっくりと目を上げた。その落ち着いた表情。どこまでも澄んだ瞳。この女だけは他の連中と違って狼狽した様子を見せていない。

「お絹とやら。そこに控えおる近藤は現在の地位についてまだ日が浅いゆえ、菊次郎の案件については知りようがないのだ。今から記録を取り寄せ、調べをかけておったのでは時を費やすばかりである。あの一件については、この場にいる誰よりも奉行自身が存じておる。何故なら菊次郎を吟味し、遠島を申しつけたのは、この桃井憲蔵であるからだ」

再び白洲が揺れ動いた。

警蹕の声を打ち消さんばかりに一同がざわめいている。

お絹もさすがに驚いた様子だ。沈黙を守りつつも目を大きく見開いていた。

「あれは南町奉行を拝命して一年ほど経ったころ……今から二年前の三月のことであった」

桃井が話すにつれて混乱は次第に収まった。白洲はいつのまにか静かになっている。

「浅草生まれの手妻師が人心を惑わせておる。贋金造りに興じておる。奉行を愚弄するような戯れ唄を口ずさんでおる。左様な報告を契機にして調べは始まった。同心たちに命じて様々な証拠を集めさせ、幾人かの証人を尋問して、慎重に吟味を重ねた。そちが申していたように、菊次郎は白洲でも無実を訴えておった。俺は手妻を演じただけだ、客を楽しませただけだ、はかない幻を見せてやっただけだと如何にも自慢げに抗弁し続けた。されど、この世に金を生む玉子なぞないのだ。菊次郎は貧乏人に夢を与えたつもりでいたのだろうが、その夢は見なくてもいい余計な夢。一生かかっても貧乏から抜けだせぬ者たちにとってはむしろ酷な仕打ちであったのだ。裁きは与力たちとも十分に合議し、御老中の下知（げち）を願った上で決断した。近藤も申しておったように贋金造りは死罪に値する大罪だがな。あくまでも手妻のタネであったという菊次郎の言葉を信用し、罪一等を減じて八丈への遠島に処したのじゃ」

不思議なことに、お絹は黙っていた。

近藤にはあれほど流暢(りゅうちょう)に語っていたのに、奉行を前にして怖気(おじけ)づいたのだろうか。元の沈黙する貝に戻ってしまったかのようだ。

「それにしても奇縁じゃな。あの菊次郎に恋した娘とこうして白洲で顔を合わせることになろうとは、ゆめゆめ思わなんだ。奇遇を祝って四方山話(よもやまばなし)の一つでもしたいところだが、そろそろ日も落ちてきた。ここらで話を本筋に戻そう」

桃井はあらためて姿勢を正し、お絹を見つめ直した。

「先刻そちは殺したい相手がいる、敵は化けものであると申しておったが、察するに、その化けものとは、あの菊次郎のことであろう。彼奴(きやつ)はかつて取り締まった芸人たちや戯作者たちと同様、民を欺き、この泰平の世を騒がせた。まさに化けものの名に値する謀反人であったのだ。騙されたということでは、そちもまた、あの男に翻弄された者の一人に相違ない。親切に職まで紹介してやったというのに、一目惚れした相手には江戸に別の愛しい女がいたのだ。その事実を知り、そちは嫉妬の炎を激しく燃やした。手ひどく裏切られたことに怒り狂ったあまり、菊次郎という化けものを殺そうと思い立ったのではないか」

　桃井が問いかけても、お絹は無表情のまま前を向いている。否定する素振りも見せないし、かといって観念してうなだれているわけでもなかった。

「まだ詳しくは調べておらぬがな。菊次郎はもしや赦免になったか、でなければ島抜けでもして江戸に戻っておるのではないか。そちは蕎麦屋の喜八を捜して見つけ出し、菊次郎の居場所を知った。自分を騙した敵を討ちたくて客から道中差を盗んだのであろう」

「さすがはお奉行」

　近藤が得心したように頷いた。

「実に理路整然としていて感服いたしました。全くもって同意見でございます」

「えらく殊勝であるな。頑固者の其の方に左様な追従(ついしょう)は似合わぬぞ」

　桃井は近藤から目を移して白洲にいるお絹を睨みつけた。

「どうだ、お絹。図星であろう」

「いえ、違います」

　お絹はしっかりとした声で答えた。

「わたしは菊次郎さんを決して恨んではおりません。恨むどころか今でも心から恋しく思っております」

「一途な娘じゃな。女の一念、岩をも通すか」

桃井が軽口を叩いても、お絹は怒らなかった。

その顔には怒りよりも喜びが見えた。唇に幸福そうな笑みを浮かべ、思い出に浸るかのように遠い目をしている。

「春に出会ってから百日余り。わたしと菊次郎さんは人目を忍んで逢瀬を重ねました。浜には漁師がいますし小屋には五人組の人たちの目が光っていますから、海辺に出たり流人小屋に通ったりするのは控えました。いつもびくびくしていて落ち着きませんでしたが、ただ会えるというだけで幸せでした。暇を見つけては山や森を歩き、一緒に遊んだりしました。菊次郎さんに教えられて生まれて初めて賭け事というのもしてみました。賭け事といっても子ども同士の手慰みのようなものに過ぎません。転がした骰子の目の丁半を云い当てたら、野原で摘んだきれいな花を菊次郎さんからもらえる。ただそれだけのことです。菊次郎さんの技は信じられないほどすごいんですよ。丁と云えば、丁。半と云えば、半。思った通りの目をいつでも出せるんですから」

由緒正しい織屋の娘と罪を背負った流人――禁じられた仲であるが故に、その恋はいちだんと燃え上がったのであろう。百戦錬磨の菊次郎にしてみれば、初心な島娘を騙すことなど赤子の手をねじるようなものだったに違いない、と桃井は思った。

「そちは先ほどから逢瀬を重ねたと申しておるがな。菊次郎に別の恋しい女がいると知ったのは、いつのことであるか」

「お鈴さんのことは初めて二人で森に行った日に知りました。わたしは若さゆえに想いを抑えきれず菊次郎さんの胸に飛び込んだりもしたのですが、菊次郎さんはわたしの躰をやさしく押し返して申し訳なさそうに云ったのです。『悪いけど俺はあんたを抱いてやることができねぇんだ。流人船に乗るときに心を決めて、ある願かけをしちまったもんでね。どうかもう一度江戸に戻らせてくだせぇ。お鈴に会わせてくだせぇ。あいつを見つけ出すまでは他の娘をこの手に抱いたりはいたしませんと神様仏様に誓っちまったんだよ』」

「つれない仕打ちよのぉ」

桃井はお絹に同情するように呟いた。

「惚れた男に抱いてもらえぬとは拷問を受けているに等しいではないか。ましてやそれが、別の女への義理立てとなれば、そちはさぞかし悶え苦しんだことであろう」

「男と女は躰の交わりがすべてではございません」

お絹は桃井に諭した。

「そうした触れ合いがなくとも、心と心で惚れ合うことができるのです。わたしはそれこそが真実の恋であると信じております」

「ふふふ。二十歳の娘から恋の道を教わるとはな。奉行はなかなかの果報者じゃ」

桃井が苦笑すると、急にお絹が明るい声で訊いてきた。

「お奉行様はショメ節というのをご存じでしょうか？」

「ショメ節か……たしか八丈の唄だと聞いたことはあるが、詳しいことは存じておらぬ」

「では、ここで歌って差し上げましょうか」

お絹が友人と話すかのような馴れ馴れしい口調で提案したので、近藤が慌てた。

「控えろ、お絹。お奉行に向かって何という大それたことを……」

「まあ、落ち着け」

桃井は近藤を扇で制した。

「たしかに異例ではあるが、何か考えがあってのことであろう。退屈しのぎに唄を聴くのも一興だ。この娘の好きにさせるがよい」

許しを与えられると、お絹はうれしそうに頷いた。上の間を見上げて誇らしげに胸を張り、何度か咳払いをして喉の調子を整えている。

一同は当惑しつつも期待に満ちていた。

お縄をかけられながら白洲で歌う科人は、幕府開闢（かいびゃく）以来初めてではあるまいか。

〽　イヤ～　わたしゃ八丈の茅葺（かやぶ）き屋根よ
瓦（変わら）ないのがわしの棟（胸）　ショメショメ～
イヤ～　わしの心と底土（そこど）の浜は
恋し（小石）恋し（小石）と待つ（松）ばかり
ショメショメ～

イヤ～　月の丸さと恋路（こいじ）のみちは
江戸も八丈も同じこと　ショメショメ～
イヤ～　こんな恋しい八丈捨てて
どこへなにしにおじゃるやら　ショメショメ～

それは透き通るような美しい声だった。

お絹は筵に正座したまま上半身をゆるやかに動かしながら歌っていた。両手を縛られているにもかかわらず、どこか優雅な気品のようなものが漂っている。

「うまいな。そちはなかなかの歌い手じゃ」

桃井は世辞ではなく褒めた。白洲に侍る者たちも一様に感心したような顔をしている。

「ありがとうございます」

お絹は頭を深々と下げた。

「この縄さえなければ舞もお見せできましたのに」

「そちは舞も上手なのか。いつか是非見てみたいものだな」

「わたしはショメ節を歌うたびに思うのです」

お絹は夢見るように呟いた。

「月の丸さと恋路のみちは　江戸も八丈も同じこと。この『江戸』と『八丈』のところを『お鈴』と『お絹』に置き換えていただければ、わたしたちの恋の姿がよくわかっていただけるのではないでしょうか。菊次郎さんにとって、お鈴さんは江戸にいる愛しい女。わたしは八丈で出会った、もう一人の女。どちらがどうということではなく、どちらも同じ大切な恋だったのです」

「ふむ」

と頷きながらも桃井は異を唱えた。

「奉行は、もう一つの文句の方が気になったな。こんな恋しい八丈捨てて　どこへなにしにおじゃるやら——八丈の流人は現地妻と子まで生（な）しながら赦免になると家族を捨てて江戸に帰ってしまう。捨てられた女がそれを恨みに思うのも道理だ。恋しい恋しいがつのったあげく可愛さ余って憎さ百倍。それで菊次郎を殺そうと思い立ったのではないか」

「殺したいと思ったことはございませんが、一緒に死にたいと願ったことは何度かございます。ただの男女であっても故あって結ばれぬ者が多いのです。ましてや菊次郎さんとわたしの恋はもっと世間にわかってもらえないでしょう。生きて一緒になれないのなら、あの世で一つになるしかない。菊次郎さんも同じことを考えていたかもしれません」

「読めたぞ！　殺すとは相対死（あいたいじに）、心中（しんじゅう）のことであったのだな。そちは江戸に来て菊次郎との心中を目論んだのか」

「それができれば、どんなにうれしいでしょう。でも無理です。心中はかないませぬ」

「どうしてだ。口では恋しい恋しいと吹聴しておっても、いざとなると命が惜しいのか」

「そうではございません。心中ができないのは、あの人がもうこの世にいないからです」

「この世におらぬ？　では菊次郎は死んだのか？」

「はい。去年の夏、八丈で死罪になって殺されました」

桃井は仰天した。

菊次郎が死んでいた、それも刑死していたとは今の今まで知らなかったのだ。流人が死罪になった際には現地の代官を通して江戸にも知らせを寄越す決まりになっている。然るべき文書が届いていたのなら、奉行である桃井が見落とすはずがないのであった。

二

白洲が俄に慌ただしくなっていた。先ほどまで筆を手に居眠りしていた書役たちが飛び起きて目を見開き、小声で囁き合っている。

重要な書面をお奉行にお見せするのを忘れていたのではないか。ならば、それは誰の落ち度か。役所とは、愚か者と卑怯者の集まりだ。吟味よりも我が事を心配するあまり、顔を青くして右往左往している。

桃井は書役たちに命じて近年の流刑者の消息をあらためさせてみた。

八丈から届いた書状によると、たしかに菊次郎は昨年の夏に死んでいた。ただし死罪ではなく、そこには病死としか記されていなかった。これは一体どうしたことなのか。

「お絹。今、調べさせてみたがな。菊次郎は死罪にはなっておらぬぞ」

桃井が伝えると、お絹は驚きもせずに頷いた。

「表向きは崖から落ちた傷が悪化して死んだことになっておりますが、実のところは〝突き落としの刑〟にあったのでございます。死罪となると伊豆のお代官様や江戸のお奉行様のお許しが要るのを嫌ったのでしょう。島役人や村役たちが知恵を働かせたのに違いありません」

突き落としとは八丈島で行なわれる特殊な処刑法である。

幕府貢納の黄八丈を産する島であるため、島民たちは血の穢れを嫌って死罪に処するときも斬首や磔を好まなかった。

そこで編み出したのがこの残酷な方法なのだという。

罪人を縄で縛り、山の火口や海に面した崖から突き落とす。それを放置し、そのまま死なせてしまうらしい。

だが、お絹の話を聞くと、血を嫌うというのは都合のいい方便のようにも思えてくる。斬首や磔の遺体は誰の目にも明らかだが、突き落としならば事故死や病死にも見える。代官や奉行所の許可を得ず、速やかに罪人を始末したい際には恰好の手段となりうるのだ。

「それにしても突き落としとはな。菊次郎は一体どんな罪を犯したのじゃ」

「罪は犯しておりません。菊次郎さんは悪いことなど何もしていないのです」

「だが、お絹。いくら八丈でも、そうは勝手に流人を処罰することはできんだろう。前例からすると人を殺めたか島抜けを画策したか、いずれかの大罪を犯したのではないか」

「あえて申せば、わたしたちが出会ったことが罪だったのでございましょう」

お絹は深く息を吸い込み、それを大きく吐き出してから語った。

「いかに細やかに気を配ってはいても、いつまでも二人の仲を隠し通すことはできませんでした。ある日わたしたちが会っているところを隣村の力丸さんという男に見られてしまったのです。この人はわたしの許婚のようになっていた方で、自分の女房になるはずだった女を賤しい流人に奪われたことが赦せなかったのでしょう。あんな奴に負けたのでは男の面子が立たない。顔に泥を塗られた、恥をかかされたと考え、恨みを買ったのかもしれません。力丸さんは村役をしているお父上を通して菊次郎さんを陣屋に密告しました。罪は盗みとかどわかしと島抜けの企み……ありもしないことばかりお役人様たちに吹き込んだあげく、あの人を牢につないでしまったのです」

流人が島民の娘をかどわかして江戸への島抜けを画策した——その罪状によって菊次郎はお縄にかけられることになった。

役人たちが流人小屋を探ると罪を示す証拠が幾つか発見されたらしい。織屋から盗まれた数束の絹糸と島抜けの企みを記した書面や海図などが隠されていたとのこと。

糸など盗んでおりません、島抜けなんぞ考えてみたこともございません。菊次郎は無実を申し立てたが島役人は耳を貸さなかったという。

「わたしは菊次郎さんが捕まったのを知って陣屋に駆け込みました。お役人様の足にしがみついて、悪いのはわたしです、菊次郎さんは何もしていませんと泣いて訴えました。お願いです、菊次郎さんを赦してあげてください、菊次郎さんに罪があるのなら、わたしにだって罪があります。わたしも一緒に牢屋に入れてください。けれど、どんなに頼んでも聞き入れてはもらえませんでした。気がつくと、いつのまにか父の長右衛門が背後に立っていました。わたしは父に頰を叩かれ、無理やり家に連れ帰られてしまったのです」

お絹の激情には頭が下がるが、両親や家の立場からすると実に厄介な恋物語だったに違いない。幕府に黄八丈を納める織屋であれば役人たちの目が厳しくて当然だし、進んでいた縁談が壊れると隣村との折り合いまで悪くなるからだ。

菊次郎の捕縛にあたっては島役人や村役たちだけでなく、お絹の両親も関与していたようだ。娘に害が及ぶのを恐れ、罪を捏造(ねつぞう)して菊次郎一人になすりつけたのかもしれない。桃井は思った。流人小屋に絹糸や海図を仕込んだのも、もしかしたら親たちの差し金だったのではあるまいか。

「ほかの島娘が潮汲女になったところで何のお咎めもないというのに、どうしてわたしが菊次郎さんを好きになったら罪になるのでしょう。流人だって人間です。もし人が人を恋することが罪であるのなら、この世の者すべてが罪人ということになってしまいます。世間の人たちからすれば菊次郎さんやわたしは道を外れたふしだらな人間、ただ狂っているとしか思えないのかもしれません。だけど、狂っていて何が悪いのですか。何が困るのですか。恋をすれば、人は狂うのです。狂うような恋をしたことがない者には、それがちっともわからない。そういう人はきっと心が石なのです。心が石だから恋をしても狂わずにいられる。恋に狂ったことが一度もないなんて、何て淋しい一生なのでしょう」

恋に狂って何が悪い――お絹の熱弁に一同は圧倒された。

桃井も気圧（けお）されたかのように無言のままでいる。

「わたしはあまりの理不尽さに納得がいかず、その日、自害を試みました。喉をかき切る道具も首を吊る勇気もなかったので毒を呷（あお）ろうと決めたのです。わたしは納屋の隅に置いてあった小さな壺を手に取りました。父が狩りのときに使う蝮の毒――それが壺の中に溜め込まれているのを知っていたからです。その壺の蓋を取り、中のものを口に含もうとしていたそのとき、たまたま幼い妹が傍にやって来ました。『お姉ちゃん、何を食べようとしてるの？　わたしにもひと口ちょうだい』無邪気な声を耳にして思わず怯(ひる)み、ためらっているうちに家の者に見つかってしまったのです。おかげで死ぬことも許されず、ここまで生き延びてしまった。菊次郎さんは牢に入れられて三日後、両手両足を縛られたまま険しい宇右衛門ヶ嶽(うえもんがたけ)のてっぺんから突き落とされました。わたしは遺骸が海に落ちたと聞いて、崖の上から菊次郎さんの姿を捜しましたが、とうとう見つかりませんでした。あの人は何もしていないのに無実の罪で殺されたのです。わたしと出会って惚れ合ったという、ただそれだけのことなのに……」

　お絹は怒りと口惜しさを剝(む)き出しにして涙を流していた。

　さっきショメ節を歌っていたときの楽しそうな笑顔は、どこにも見られない。

　この女が恥も外聞もなく感情をあらわにするのは、白洲に出てから初めてのことであった。

　泣きじゃくるお絹を憐れむように見つめながらも、桃井は違う感慨に浸っていた。

（そうか。とうとう死んだのか、菊次郎は……）

　白洲で裁いた際には死罪までは云い渡せなかったが、八丈でまた別の罪に問われていたとは実に皮肉な結末だ。江戸で果たせなかったことが遠い海の彼方でかなったのであれば、思いもよらぬことだったとはいえ、うれしい誤算と呼んでいい僥倖である。

〽カネカネカネ〜　金が敵の世の中じゃ　金さえあれば　何でもできる
馬鹿でも間抜けでも出世する　お医者様にお坊様　お奉行様にお大尽様
色は白いが腹の中は真っ黒じゃないのかね〜

菊次郎のカネカネカネ節は、それがこの世の本質を突いていただけに腹が立った。人からどんなに指さされても、もっと出世がしたい、何とかして偉くなりたい。桃井自身の秘めた本心を手妻師ごときに見透かされた気がして我慢ならなかった。手妻によって多くの民を翻弄していた男が、初心な島娘を騙したせいで殺されてしまったのだ。まさしく自業自得。これもまた何かの宿命であろうなと、桃井は一人ほくそ笑んだ。

三

空には月がのぼっていた。

日が落ちて夜になり、もはや六ツ半（午後七時）を過ぎようとしている。

近藤がいつのまにか百目蠟燭（ひゃくめろうそく）を用意させていた。薄ぼんやりとした闇の中に炎が揺らめき、その影が幽霊のように伸びて、お絹の横顔にまで届いている。

「誰か、この娘の涙を拭いてやれ」

桃井が命じると、小者の一人が懐から手拭いを取り出した。両手の自由が利かない科人の代わりに、お絹の目尻を無造作に拭ってやっている。

「お絹。菊次郎がそちの敵でないとすると、はたして化けものとは誰なのじゃ？」

お絹はまだ涙が止まらぬ様子で、答えようとはしなかった。

このままでは時と疲労が重なるばかりで吟味が前に進まない。相変わらず科人の動機が定まらぬままだし、菊次郎が死んだとなると化けものの姿も混沌（こんとん）としてしまっている。

「どうにも行き詰まった。与力は如何に考えおる？」

桃井が意見を求めると、近藤は坐ったまま前に進み出た。

「僭越ながら申し上げます。科人の供述が随分と長く続きましたので、ここであらためて訴人や証人を問いただしてみては如何でしょうか。ここまでの話を聞いていて何か思い出すことや敵討ちの相手についての心当たりなぞがあるやもしれませんので……」

「うむ。それは妙案じゃ」

桃井が同意すると同心や小者たちが動いた。

お絹はいったん白洲の後方に下げられ、代わりに脇に控えていた連中が前に呼び出されている。訴人の小間物屋清三郎と証人の尾張屋源兵衛および女中お園、そして長屋の家主である佐平の四人だ。長時間の吟味に疲労しているのに違いない。どの者も顔色が優れず、動作も緩慢で重かった。

「その方らもさぞかし待ちくたびれたことであろう」

桃井はやさしく声をかけた。

「ようよう科人が語りはじめたのは結構だが、敵討ちの相手は誰か、化けものとは何かとなると、まるで見当がつかぬ。どうだ。誰か良き考えはないか。遠慮なく申してみよ」

「お奉行様」

待ちかねたように口を開いたのは清三郎だった。

「あのおなご、やっぱり頭がおかしいでっせ。お白洲で唄を歌うたり、お奉行様に逆らって泣き叫んだり、どう考えても気が触れてるとしか思えまへん。こないな女のために長いこと砂利の上に坐らされてるんかと思うと、もうアホらしいてやってられまへんわ。日ぃもとっくに暮れてしもたし飯かて昼に食うたきりですよって腹の虫がさっきからグウグウ鳴いてますねん」

「コラッ、清三郎」

突這同心がすぐさま怒鳴った。

「お奉行の前で要らぬ愚痴を申すな」

「すんまへん。そやけど、お奉行様。敵討ちや化けもんのことはようわかりまへんけど、わてにはちょっと別の考えがおますねん。せめて何のために刀を盗んだんか、それぐらいは知っておきたい——昼間にはえらい面倒臭いことを申しましたけどな。半日坐って聞いとるうちに、そんなもん、どないでもええような気がしてきましたんや。わてが訴えを取り下げさえしたら、皆さん万々歳ですんやろ？　そろそろ大坂に戻らんことには商いがワヤになってしまいまっさかい、この際さっさと諦めて

「……」

「黙れ」

　今度は桃井が叱りつけた。

「一体誰のためにこの裁きを開いておるかわかっておるのか。元はと云えば、その方がお絹にちょっかいを出したことに端を発したのではないか。訴人たる者が勝手なことを申すでない。お白洲を愚弄すると、その方に罰を与えるぞ」

　奉行の怒りをまともに食らって清三郎は「へへぇ」と頭を下げて引っ込んだ。

　この男の云うことにも一理ないわけではないが、もはやこの裁きはただの盗みや枕探しの話ではなくなっている。お絹と菊次郎の関係が明らかになった以上、事件はより複雑なものと化しているのだ。

「申し上げます」

　次に声を上げたのは女中のお園だった。

「あたしはお絹ちゃんの心持ちを同じ女として考えてみました。好きだった菊次郎さんが殺されてしまったのは力丸さんとかいう許婚に嘘の密告をされてしまったからでございますよね。そう考えますと、いちばんの敵は、その力丸さんなのではないでしょうか」

「されど、お園」

　桃井は疑問を呈した。

「もし力丸が敵なのであれば、わざわざ江戸に出て来る手間は要らぬであろう。八丈にいた方が殺す機会が多々あるのではないか」

「もしかしたら、その人が江戸に来ているのではないでしょうか。菊次郎さんが死罪になったので力丸さんはお絹ちゃんに嫌われた。それで八丈にいるのが気まずくなって江戸に逃げた。お絹ちゃんはそれを追いかけて敵を討とうとしたのでは……」

「わたくしも同様に考えます」

　旅籠の主の源兵衛も言葉を添えた。

「黄八丈を納める貢船（みつぎぶね）に乗って江戸に参ったのやもしれませぬ。血気盛んな若者であれば岡場所あたりで遊んでおるうちにそのまま居ついてしまったとしてもおかしくございません。その男を八丈で殺したりすれば、もはや村にはおられなくなりますが、遠い江戸でひそかに抹殺すれば、うやむやのうちに済ますことができる――お絹は左様に考えたのではないかと……」

「なるほど。だが化けものとはどういうことだ。そこが解せぬな」

「恋に狂ったせいです」

お園が真摯な目を向けた。

「力丸さんは菊次郎さんに焼きもちを妬いて密告したそうですが、あたしも恋敵を恨んで似た心持ちになったことがございます。恋をすると、人は狂ってみんな化けものになってしまうのではないでしょうか」

お園の言葉を聞いて、桃井はふと思った。

恋をすると、人は化けものになるのか。

それとも化けものが己に似合わぬ恋に溺れたせいで狂ってしまうのか。

「よし、力丸のことはようわかった。この者が江戸にいるかどうかも含めて、ちと調べが必要じゃな。家主の佐平、その方はさっきから黙っておるが何か考えはないのか」

「ははぁ」

佐平はその場で一度平伏してから顔を上げた。

「お絹ちゃんの話を聞いておりますうちに思いついたのですが、菊次郎さんが罪に問われたいちばんの原因は、小判を出す手妻を演じてしまったことではないでしょうか。一文銭なら罪がなかったのに、上総屋とかいう金持ちに馬鹿にされて、ついつい羽目を外してしまった。もしかしたら、菊次郎さんを番所に訴えたのも、その商人かもしれません。他の客や芸者たちの見ている前で、額に玉子を割りつけられて大恥をかいた。その恨みを晴らそうとして菊次郎さんを陥れたのでは……」

「ほほお、面白い。たしかに材木商などはすべからく金の亡者だ。化けものの名に値する因業な連中やもしれぬな」

江戸の材木商は火事や地震があるたびに肥え太る。家を失い、路頭に迷う者たちの生き血を吸うようにして身代を大きくしていくのだ。

中でも上総屋は商いの仕方が汚いことで知られていた。

役人たちに賂を贈って入札を操り、幕府の仕事を一手に引き受けているという噂まである。化けものの中でも最もあくどい部類に属する怪物だといえるだろう。

「お奉行」

しばらく黙っていた近藤が向き直った。

「力丸にしましても上総屋にしましても新たな調べをせぬことには真実にたどりつけませぬ。詳しく吟味するにはその者たちを白洲に呼び出すことも必要になって参りますでしょう。そうなりますと本日中の吟味では行き届かぬことも幾つか出てまいります。申し訳ございませぬが、しばしのご猶予をいただけませぬでしょうか」

「然り。道理じゃ」

桃井は頷いた。

「すでに夜も更けたことであるしな。吟味は後日あらためてということにいたそう」

その一言で白洲に大きな吐息が洩れた。

同心や小者たちも疲労や空腹が限界に達していたのに違いない。まるで牢から出されたかのようにホッとした表情を浮かべている。

そんな弛緩(しかん)した空気の中でも、お絹だけは相変わらず際立った美しさを保っていた。

その顔面がひどく蒼白(そうはく)に見えるのは青白い月光のせいだけではない。怒りや悲しみが極限にまで昂(こう)じたあまり、肌から血の気が失われてしまったように見えた。

四

近藤との打ち合わせを手短に済ませたあと、桃井は白洲を離れた。

町奉行の一日は廊下に始まって廊下に終わる。

役宅が奉行所と同じ敷地内にあるので草履や下駄を履き替える手間もない。出かけるときも帰るときも足袋のまま廊下を渡っていくだけでよかった。

「お帰りなさいませ」

その声を桃井はいつも女中の口から聞く。

刀を預け、裃を脱ぐと、まず風呂に入るのが慣わしだった。

湯殿で汗を流したあとは楽な着物に着替えて夕餉の席につく。

膳が置かれ、酒が出て、旬の野菜などを配した幾つかの小鉢が出る。

いざ箸を手にして小鉢に向けようとしたあたりで必ず襖がすっと開き、妻のお節が顔を出して三つ指をつくのだ。

「お役目、まことにご苦労にございました」

その挨拶は所帯を持って以来、判を押したように同じである。齢をとって声は低くなっているものの、一分の隙もない礼儀正しい所作だけは不変だった。

「お酌をいたしましょうか」

「うむ。では頼もう」

このやり取りも何かの儀式のように毎夜繰り返されている。

朝目が覚めて廁に行ったり顔を洗ったりするのと同じだ。

話の中身には確たる意味も強い感情もないのだが、この会話がないとどこか物足りなく、桃井は一日がきちんと終わった気がしなかった。

「庭の梅が咲いたな」

「はい。咲きました。とても美しゅうございます」

「ことしもまた　梅見て桜　藤紅葉(ふじもみじ)……一年はそうやって過ぎてゆくのであろう」

「お珍しい。一句詠まれたのですか」

「いやいや。これは井原西鶴(いはらさいかく)という男の作だ。わしは梅を見ても駄句すら浮かばぬ」


桃井は若いころから道楽や風流と無縁の男だった。

句も詠まぬし、茶も嗜(たしな)まない。

酒は呑むが茶屋遊びはほとんどしたことがなく、博奕も金の無駄遣いである気がして好きになれなかった。

ひたすら務め一辺倒――同じ奉行でも遠山金四郎のようには器用に生きられない。

桃井は一日でも早く認められ、幕政に関与したいと若いころから願っていた。

どうやったら己の地位を上へ上へと押し上げられるのか。

誰のところに行って何をすればいいのか。

一日中そんなことばかり考えていたから、道楽に溺れる暇などなかったのだ。

（もし正妻の子であったなら……）

桃井は今さらながら歯嚙みをし、幼いころを共にした弟たちを羨んだ。

連中はみんな遊び上手だった。

管弦を習い、詩歌を口ずさみ、賭博に耽り、女たちと好き放題に戯れていた。安穏と贅沢に暮らすその姿を桃井は指をくわえて眺めているしかなかったのである。

「もう少しお遊びになってもよろしいのでは？」

お節は母親のようにやさしく提案した。

「また盆栽でもなされればよろしいのに。釣りもしばらくなさっておられぬでしょう」

桃井は所帯を持ってすぐのころ、お節に教えられてしばらく盆栽の世話をしたことがある。見よう見真似で剪定をしたり水やりをしたりするのがそれなりに楽しかったのだが、ちょっと目を離すと葉がぼうぼうになって醜くなるし、うっかり水やりを忘れて無惨に枯らしてしまったことも何度かあった。草木とはいえ、命は命だ。自分のせいで小さな命を見殺しにした気がして、次を育てるのが億劫になってしまった。

釣りは、お節の父親に連れられて、月に一、二度出かけていた。

川に小舟を出して、主にタナゴやフナを釣る。頭を空にしてのんびり釣り糸を垂れている図は悪くなかった。桃井も舅も無口なので、ほとんど話はしない。釣れても釣れなくても日が傾くと立ち上がり、それぞれの家に帰っていく。

数年前に舅が他界してからは誘ってくれる人もいなくなり、釣り竿に手を伸ばすこともなくなった。今になってみると自分がそれほど釣り好きでなかったことがよくわかる。魚を釣るのに興じていたわけではなく、男同士の無言の会話を楽しんでいただけなのだ。

「そなたは珍しい嫁だな」

桃井はお節を見て微笑んだ。

「働け働けと尻を叩く女房は多いが、遊べ遊べと持ちかける妻女は滅多におらぬ」

「あなた様のお躰が案じられるのです。若いころならまだしも、今年は本厄になられたのですから……。働きすぎは躰だけではのうて、心にも良うございません」

「そうだな。ちと気をつけよう。この春は少し遊んでみるかな」

桃井が答えると、お節はにっこりと笑いかけ、安心したように座を外した。

きっと女中に命じて刺身や塩焼きでも持って来させる気でいるのだ。空になった銚子を自分で手にして立ち、襖の向こうに消えていった。

（早や二十年か……）

桃井は妻の後ろ姿を見送りながら、心の内で嘆息した。

振り返れば、あれがあり、これがあり、記憶の海からあふれんばかりの幸いや不幸があった。ここまで瞬く間であったようにも思えるが、歳月は確実に重なっている。夫婦ともども皺が増えたし髪に白いものも交じりはじめた。梅や桜や藤や紅葉が咲いては散るを二十度も繰り返したのである。人が熟し枯れゆくのも自然の理だろう。

桃井はお節を好きで貰ったわけではなかった。

小普請組の組頭だった足立益右衛門――その娘であることが何よりも重要だったのだ。単に妻を娶ったのではなく、この婚儀を立身出世の礎にしたいと考えたことだけはたしかだった。

お節は桃井より齢が一つ上の、いわゆる行き遅れであったが、美しく聡明であることで評判だった。あまりに堅苦しく上品過ぎて近寄りがたいとの噂もあり、祝言を挙げるまでは、桃井自身もご尊顔をまともに拝んだことがなかった。

初めての夜、角隠しを取ったあとのお節を見たとき、桃井は子どものころに遊んだ近所の寺を思い出した。そこの本堂の暗闇の奥に祀ってあった弥勒菩薩（みろくぼさつ）の坐像――頬に細い指を当てて悠然としている、あの穏やかな瓜実顔（うりざねがお）を思い出したのだ。とある僧侶に聞いたところによると、弥勒とは「慈しみ（いつくしみ）」を意味する梵語（ぼんご）らしいが、お節はその言葉通りの慈愛（じあい）にあふれた女だった。

桃井がどんなに遅く帰ってきても必ず起きて待っていて先に寝ようとはしない。夫の云うことに逆らったことはただの一度もなく、何を命じても「はい」としか答えない。

下男や下女たちにもやさしく、道端のみすぼらしい物乞いたちにまで、すすんで施しを忘れなかった。まさに貞淑を絵に描いたような、文句のつけようがない妻女である。

床の中でも、お節はおとなしかった。

官能を覚えても大きく乱れたりはせず、声を殺してひたすら堪えている。

躰の相性は悪くなかったにもかかわらず、残念なことに、なかなか子ができなかった。神仏からの授かりものと思って二人とも気長に待っていたが、一年経っても身ごもる気配が見られず、夫婦双方とも疲れ果てて互いに諦めた思いになった。

この時代、跡取りがいないのは重大事である。家督を継ぐ者がおらぬとなると、たちまち御家（おいえ）断絶やお取り潰しの憂き目に遭ってしまうからだ。

桃井家の将来を案ずる叔父や叔母たちからは、早くよそに妾（めかけ）をつくれ、でなければ離縁して後添えを貰えと急き立てられたりもした。

憲蔵は迷った。お節を石女（うまずめ）であるとして見限ってもよかったのだが、子ができぬ原因は自分自身にあるかもしれないのだ。ましてや舅の益右衛門には役につくにあたってさんざん世話になっている。そう易々（やすやす）とは三行半（みくだりはん）を書く気になれなかった。

思案したあげく、桃井は本家を継いだ弟に相談して、生まれたばかりのいちばん下の男の子を養子に貰うことにした。

息子は俊之介（しゅんのすけ）と名づけて大事に育てた。

お節は念願の赤子を手にして涙を流さんばかりに喜んだ。桃井家の貴重な跡取りであったがゆえに、少々甘やかし過ぎたかもしれない。幼いころから質素と倹約を教え込むつもりでいたのに、欲しいというものは諌（いさ）めることもなく何でも買い与えてしまった。

その俊之介も今年で十九になる。

太い眉毛と鼻筋の通った精悍な面差し。桃井の弟である実父と瓜二つの美男子だ。

背丈はすでに桃井を追い抜いてしまったにもかかわらず、いつまでも子どもっぽさが抜けない。心が青いまま躰だけ育ってしまったようなところも本家の弟によく似ていた。

「父上、ご在宅であられますか」

噂をすれば影——襖の向こうから俊之介の声がしたのは、お節が給仕を終えて居室に戻ったあとだった。舌がもつれたような喋り方からすると明らかに酔っている。

「今日はお早いお帰りでございますなあ」

俊之介は襖を開け、よろよろした足取りで桃井の前に坐った。

口は酒臭く、着物からは下品な白粉（おしろい）が香っている。きっと廓（くるわ）か何かからの帰りだろう。

「お前の方こそ早いではないか。夜のうちに会えるとは珍しい。まあ、一杯やれ」

「いやいや。酒はもう存分に過ごしました」

俊之介は差し出した銚子を受けなかった。

「実は、折り入ってご相談したい件があるのですが……」

桃井は、金だなと直感した。

俊之介は以前にも博奕で借金をつくって無心に来たことがある。

あのときはたしか三十両——今度は幾らだ。五十両？　まさか百両にはなるまい。

「惚れた女ができたのです」
　俊之介は照れもせずに云った。
「根津の芸者で齢は三つほど上なのですが、なかなか愛いやつでして……放ってお
くと、どこに売り飛ばされるかわかりませんので、今のうちに身請けしてやりたい
と考えておるのです。通常であれば各所に仁義を切るのに三百両は要するらしいの
ですが、置屋の女将が気風のいい人でしてね。今なら半額の百五十両で手を打とう
と云ってくれております」
　桃井は呆れてものが云えなかった。
　大店の若旦那でもあるまいし、十九になったばかりの武士が芸者を身請けなどし
てどうする。惚れた女ができたと聞いたときには、こいつもそういう齢になったの
かと微笑しかけたが、何のことはない。結局は金の話ではないか。
「如何でしょう、父上。百五十両なら、それほど悪い話ではございませんよね。博
奕の負けが込んだと思えば、そのくらいは、ほんの端金……」
「芸者に現を抜かしておる場合ではない」
　桃井は怒りを抑えて諭した。
「お前もすでに嫁を娶っていい齢になっておる。まだ正式には決まっておらぬがな。

良家の子女との縁談もないわけではない。身を固めて落ち着けば出世の道も開かれるのだぞ」

「わたしには出世も良家の子女も似合いません。父上と違って、生まれつき根気というものと縁がありませんし、母上のような堅苦しい女も苦手なのです」

「馬鹿者。お前の考えておることは夢見がちな幻のようなものではないか。もっと現をしっかりと見つめねばならぬ」

「幻を見ておられるのは父上ではございませぬのか」

俊之介は逆襲した。

「いくら出世の道を登り詰めたところで宮仕え(みやづか)は死ぬまで宮仕えです。公方様(くぼうさま)になれるわけでも大名になれるわけでもございません。身を削って働いたところで俸禄などは高が知れております。ならば、好いた女と呑気に暮らす方がどれだけ幸せかしれません」

俊之介はこれまでの桃井の人生を否定するかのように云った。

自分は父親とは違う。それを前面に押し出すことで己の道をたしかめようとでもしているのか。ここまで苦労一つせずに暮らして来られたのは、誰のおかげだと思っているのだろう。

「お前はこの家の大事な跡継ぎなのだぞ。桃井憲蔵の長子なのだぞ。いずれは功成り名遂げて、子々孫々の繁栄を……」

「やめてください」

俊之介は悲鳴を上げた。

「こんなぐうたら息子に期待などしないでください。わたしは父上のようには生きていけないのです。左様に子に期待されるのであれば、外に妾を何人かつくられればよかったではありませんか。妾宅でいろんな子が生まれれば、跡継ぎも選り取り見取りになったでしょうに」

「何が選り取り見取りだ……下らんことを申すな」

「父上は母上が怖くて女遊びができなかったのですか？　ご本家の連中は父上のことを鼻で嗤っておりますぞ。憲蔵は仕事はできるが、遊興というものをまるで知らぬ。南町奉行は意気地なしの種なしだと……」

「黙れ！」

桃井は盃を俊之介に投げつけた。

「たわけ者め！　出ていけ！」

「云われなくとも出ていきます。こんな家、面白くもない」

二人の口論を聞きつけたのだろう。いつのまにか廊下にお節の姿があった。寝間着の襟元をかき合わせるようにして心配そうに立っている。

「何事ですか、夜分に」

お節は桃井にも俊之介にも咎めるような目を向けた。

弥勒菩薩に睨まれると、男二人はうなだれるしかない。

桃井は投げた盃を自分でさりげなく拾って膳の上に戻した。俊之介はむすっとした顔で立ち上がり、去り際に「ちっ」と舌打ちして出て行った。

またぞろ茶屋にでも上がって憂さ晴らしをするつもりでいるのだろう。俊之介を道場や学問所に通わせたのが間違いの元である。立身出世を願って剣術や教養を身につけさせるつもりでいたのに、悪い連中に染まって博奕や女を覚えただけだった。

「今宵は如何なるお話で？」

お節に訊かれても、桃井はまともに答えなかった。

「大した用件ではない。いつもの金の無心だ」

「困った子でございますね」

お節はため息をついた。

「わたしの育て方が間違っていたのです。実の子であれば叩いてでも云うことを聞かせておりましたのに、ご本家への遠慮もあって厳しく諫めることをしませんでした」

「そなただけのせいではない。わしもあいつを甘やかし過ぎたのだ」

「このたびは如何ほど工面すればよろしいのですか」

「左様なことは考えずともよい。あいつには、もう金などやらん」

「けれど……」

「そなたは、もう休め。黙って寝ろ」

桃井の意外な厳しさに、お節は悲しそうな顔をした。目にはうっすらと涙を浮かべている。きっと寝所に戻ったあと、自分の至らなさを悔やんで、さめざめと泣くのだろう。夫に内緒で我が子の望みをかなえるために、ひそかに金策でも考えるつもりかもしれない。

桃井は一人で苦い酒を呑んだ。

いくら盃を重ねても酔いが回らず、俊之介の蔑むような目だけが甦ってくる。

――父上は母上が怖くて女遊びができなかったのですか？　ご本家の連中は父上のことを鼻で嗤っておりますぞ。憲蔵は仕事はできるが、遊興というものをまるで知らぬ。南町奉行は意気地なしの種なしだと……。

「ええぃ、忌々（いまいま）しい」

桃井は声に出して呟くと、席を立って障子を開け、廊下に出た。

夜の冷気が頰に当たって心地よい。空を見上げると、雲間に月が垣間見えた。

桃井は、そのふっくらとした月を目にしたとたん、お絹が歌ったショメ節を思い出した。

〽　イヤ～　月の丸さと恋路のみちは
　江戸も八丈も同じこと　ショメショメ～

面と向かって誰にも云ったことはないが、こんな意気地なしでも恋路のみちぐらいは知っている。そのみちがどれほど胸ときめく楽しいものであるか。他のすべてがなくなっても構わぬと思えるほど切なく心震えるものであるか。一つ間違って足を滑らせれば、手ひどい痛みに打ちのめされる険しい崖であることも身を以て知り尽くしている。

桃井は中庭から吹いてきた風を鼻腔に感じた。
そこにひそむほのかな梅の香を、深く深く胸の奥に吸い込んだ。

第四章　真実

一

お絹の吟味は前回の五日後である二月二十日に開かれた。

他の公事や詮議の予定は一切入っていない。何としてでも今回で決着をつけたい、いや、つけねばならぬ。そんな意気込みが白洲全体に行き渡っている。

「南町奉行、桃井筑前守憲蔵様、ご出座〜」

声に導かれ、桃井が厳かに登場した。

今日は屛風の蔭ではなく当初から上の間に坐っている。

白洲には科人であるお絹がすでに引き出されて脇に控えていた。

正面には訴人の清三郎と、証人の源兵衛、お園、佐平の四人。前回と同じ顔ぶれが揃い、砂利に額をこすりつけんばかりにして頭を下げている。

「お奉行にご報告がございます」

近藤が吟味を始める前に告げた。

「まずは菊次郎を陣屋に密告した力丸についてですが、伊豆の代官を通して調べさせましたところ、この者は八丈島を離れてはおらぬことが判明いたしました。現在も大賀郷に在住し、父親が営む織屋において染め職人を務めておるとのことでございます」

「ほお。では江戸には出て来ておらぬのだな」

「菊次郎との一件で、お絹に愛想を尽かしたのでしょう。気まずいどころか、さっさと別の女を嫁にとって平然と暮らしておるようです」

「男は移り気なものよのぉ」

お絹に尋ねるのは当てつけがましい気がして、桃井は目をお園に向けた。

「今の話を聞いたか、お園。力丸をどう思う？」

「やっぱり化けものです。男はみんな化けものでございます」

あまりにきっぱりと断言されたので、桃井は答えに窮した。

そんな男を化かしにかかる女の方も立派な化けものではないのか。近藤なら喜んで意見を戦わせるところかもしれないが、今日は議論に興じている暇などなかった。

「化けものかどうかはともかく、江戸におらぬのなら敵ではないということだな」

桃井がたしかめると近藤が即答した。

「はい。残念ながら当てが外れたようです。この力丸はもはや埒外かと存じます」

「ふむ。ならば、もう一人の上総屋の方はどうだ？」

「上総屋でございましたら、この白洲に参っております。ただし当主の藤兵衛ではなく番頭でございまして……名を久七と申します」

近藤は同心に命じ、上総屋久七を呼び出して筵の上に坐らせた。久七は三十を少し過ぎたぐらいだろうか。商人らしい縞の木綿の袷の上に地味な羽織を着ている。

「久七とやら。そちの主である上総屋藤兵衛は、何故ここに現われぬ。病にでもかかったのか。旅にでも出ておるのか」

「いえ、病でも旅でもございません」

久七は云いにくそうに答えた。

「実を申しますと、主は先夜、ひょんなことから急死いたしまして……」

「急死？　では、上総屋はもはやこの世におらぬのか？」

「はい。二日前の夜、ちょっとした祝いの席が深川の茶屋でございまして、木場の材木問屋が一堂に会したのでございます」

「上総屋はその宴で浮かれて酒でも呑みすぎたのか？」

桃井が訊くと久七は悲しげに首を振った。

「酒ではございません。餅でございます」

「餅？　それはあの白い餅のことか？」

「はい。うちの主は祝い事があると決まって餅をつかせる癖がございまして、茶屋の大広間にたくさんの餅を持って来させて客たちにバラまいたのです。餅の中の幾つかに本物の小判を包み込んであるというのが、上総屋ならではの趣向でございまして……。運よく小判入りの餅を引き当てた者には十両の褒美を与えるなどと申したものですから、芸者やら幇間やらが目の色を変えて餅を奪い合い、たちまち大騒動になってしまいました」

「何やら菊次郎の手妻を思わせる話だな。あのときは玉子で、今度は餅か」

「上総屋は今でこそ江戸で一、二を争う材木問屋ですが、主の藤兵衛は材木を運ぶ筏の船頭から身を起こした、いわゆる成り上がり者でございます。ゆったりと構えて見物でもしていればいいものを、根っからの貧乏性が災いして小判の入った餅を自分が引き当てようと懸命になったのが運の尽き。目の前にある餅を摑んでは口に入れ、呑み下してはまた摑みと、そんな慌ただしいことを繰り返しておるうちに、突然ウッと呻いて倒れまして……」

「餅を喉に詰まらせたのか？」

「はい。あっと思ったときにはもう手遅れで、手前どもが背中を叩いても胸をさすっても目を白黒させるばかりで息を吹き返しません。医者を呼ぶ間もなく、そのままあの世に旅立ってしまったのでございます」

「因果応報とはこのことだな」

桃井は妙に納得した顔で呟いた。

「金の亡者が金に殺されるとは神仏から罰が下されたのやもしれぬ。何とも浅ましい限りだが、これもまた一つの教訓である。藤兵衛の強欲を決して見習うことなく、以後は誠実な商いに努めよ」

「ははぁ。お言葉、身にしみまする。ありがとうございます」

久七は深々と頭を下げて白洲から退いた。

力丸は八丈島。上総屋は三途の川。

となると、お絹の敵の行方がまた知れなくなっている。

「如何いたす、近藤」

桃井は中の間に目を向けた。

「二人ともめざす相手ではないとしたなら、敵は誰になるのだ。お絹のいう化けものはどこにおる?」

「あくまで私見ではございますが……」

と近藤が恐縮しながら答えた。

「もしや敵とは恋敵のことではないのでしょうか。先日お園が口にしておった言葉を耳にして閃(ひらめ)いたのですが、菊次郎を虜(とりこ)にしたお鈴という娘こそが憎むべき化けものだとしたら、お絹が江戸に参ったのも頷けます。恋敵に嫉妬して憎悪をたぎらせ、海を渡ってきたのではありますまいか」

「なるほど。女と女の争いか」

「お白洲で様々な色恋沙汰を扱って参りましたが、恋しい相手や連れ合いが他の者と通じた際、男女で随分と勝手が違います。男の場合は間男(まおとこ)よりも裏切った女の方を赦せず、女房や妾に乱暴を働く者が多いのですが、女は我々男とは反対に、亭主ではなく浮気をそそのかした女の方を鬼か妖怪(ようかい)であるかのように恨むきらいがあるように存じます。面と向かって口汚く罵(ののし)ったかと思うと、いきなり包丁で刺したりする者までおりまして……。お絹もそれと同様で、お鈴に対して殺したいほどの怒りをおぼえたのではないでしょうか」

「ふむ……」

桃井は言葉を濁した。

色恋沙汰。間男。妾。嫉妬。憎悪。鬼。妖怪……下世話な言葉の羅列が何とも気に食わない。奉行がしばらく黙ったままでいると、近藤が科人の方に目をやって問いかけた。

「どうだ、お絹。与力の目に狂いはないであろう」

「いいえ、違います」

お絹はまた首を横に振った。

「たしかにお鈴さんに焼きもちを妬いたことはございますが、今では憎らしいとは思っておりません」

「ほお。左様に易々と恋敵を赦すとは、えらく寛容であるな」

「赦すとか赦さないではございません。お鈴さんもわたしも同じ男に惚れた者同士。今ではあたかも血を分けた姉妹(きょうだい)であるかのように感じております」

「姉妹とは云い得て妙だな。耳触りはいいが、少々きれいごとが過ぎはせぬか」

「去年の夏、突き落としの刑が決まったあと、わたしは一度だけ菊次郎さんに会いに行くのを許されました。今生(こんじょう)での別れをきちんとしておかないと後追いで自害でもされたら困る。わたしが早まるのを危ぶんで、父が便宜をはかってくれたのです。菊次郎さんは陣屋にある牢の中に閉じ込められていました。きっとお役人たちにきつく拷問されたのでしょう。あの美しかった顔が醜く腫れ上がり、目の周りも蒼く潰れて無惨に片目がふさがっておりました。わたしはその姿を見て、声も出ませんでした。菊次郎さんは激しい痛みを堪えながら呻くように云いました。『俺の命はもうおしめぇだ。だから最後に一つだけ、頼みを聞いてくれねぇか』と」

「どんな頼みだ？　墓でもつくってくれというのか」

「いいえ、そうではありません。菊次郎さんは目に涙を浮かべて云いました。俺のたった一つの心残りは、あれっきりお鈴に会えなかったことだ。八丈でこんなことにさえならなきゃ、生き延びて江戸に戻って、この手にしっかり抱きしめたかった。あんなに文を交わして心と心を通わせたのに、あいつは一体どこへ行っちまったのか。俺が旅に出ているあいだに何があったんだろう。それを知らぬまま死んでいくのは悔しい、悲しいと菊次郎さんは声を上げて泣きました。どうか俺の代わりに江戸に行ってお鈴を捜してくれ。もし運よく見つけたら、俺が死んだと伝えてくれ。俺が死ぬまでお鈴のことを思っていた。その心持ちをあいつだけにはわかってほしいんだ。そうやって頭を下げて頼まれたのです」

「それで江戸に来て、まずは喜八を捜したのだな？」

「はい。喜八さんを見つけたところまではよかったのですが、残念ながら、お鈴さんには会うことがかないませんでした。お鈴さんが行方をくらましたのは、神隠しに遭ったのでも旅に出たせいでもありません。あの人は……もうこの世にいなかったのです」

「何だと？　では、お鈴まで死んでおるのか？」

「お鈴さんは菊次郎さんが捕まる少し前に、急な病で亡くなった。そう伺いました」

「いい加減にせぬか」

近藤は明らかに苛立っていた。

「菊次郎も死んだ。上総屋も死んだ。お鈴も死んだ。そちに関わる人間は悉く死に絶えてしまっておるではないか」

「申し訳ございません。けれど、これはまことなのです。嘘偽りは申しておりません」

「お奉行」

近藤は呆れ果てた顔をして桃井を振り返った。

「やはりこの女は我々を弄んでおります。いくら何を申しても、違います違いますと首を振るばかり。お白洲を愚弄するにも程がございます。情けないことを申し上げるようですが、この近藤、もはや何をどうしていいかわかりませぬ。ほとほと策が尽き申した」

「困ったものじゃの……」

桃井は深いため息をつきながら、お絹に目を向けた。

「そちのせいで与力がとうとう音を上げてしまったではないか。左様に顰めっ面ばかりしておると、せっかくの美しい顔に皺が増えるばかりだぞ。そろそろ観念して真実を述べてみてはどうなのだ」

お絹は黙って俯いて目を伏せていた。

身構えたまま、じっと考え込んでいる。また何か屁理屈をひねり出すつもりなのか。それとも意固地になって沈黙を守ろうとしているのか。

「どうして答えぬ！」

業を煮やした同心が声を荒らげたが、お絹の表情に変化はなかった。

それを見て桃井が扇をパチリと鳴らし、決心したように呟いた。

「仕方ない。かくなる上は拷問でもするしかあるまいな」

「ご、拷問でござりますか」

　と近藤が慌てた。

「されど、女に対しては……」

「誰が女を拷問すると云った」

「は？　ならば誰を？」

「男に対する拷問は御上からも存分に許されておる。そこにいる佐平や源兵衛に対してであれば笞で敲くことも石を抱かせることも容易であろう」

　桃井がにやりと微笑むと、途端にお絹の顔色が変わった。

「そんなご無体な……旅籠のご主人や佐平さんは、この件に何の関わりもございません」

「ここまで調べ尽くしても皆目見当がつかんのだ。連中が何らかの嘘をついて科人であるそちを庇っておるやもしれぬではないか。となったら、証拠隠滅の罪ということになる」

「さすがのご妙案ではございますが……」

　と近藤がうろたえた顔で云った。

「あの二人は、かなりの老年でございます。できますれば、今一度ご一考を」

「老年がどうした。齢をとっておっても男であることに変わりはなかろう」

「然れど……」

「近藤。聞くところによると、其の方はまだ一度も拷問をしたことがないそうだな」

「は、はい……」

「しかもそれをあたかも優れたことのように思って自慢しておるそうではないか」

「いえいえ……滅相もございません」

「ならば、いい機会だ。好き好んでやるわけではないが、おぬしの眼前で拷問のもたらす効力というものをとくと披露してやることにしよう」

「いや、それは、有難き幸せではございますが……左様なお手数をかけては……」

「仏の近藤などと云われて、いい気になっておるのやもしれぬが、おぬしの長所は裏を返せば最大の短所でもある。そのべたついた人情が邪魔をして、ややもすると判断が甘くなっておりはせぬか。筆頭与力という仕事は、義理や人情だけで務まるものではないのだぞ」

「ははあ………」

桃井は、ひれ伏す近藤の頭越しに声をかけ、同心たちに直接指示を出した。

「そこの者たち。佐平と源兵衛を連れて参れ」

同心たちは無言で頷き、機敏に動いた。源兵衛と佐平を無理やり前に引き出したかと思うと、すぐさま背後に回って竹の笞を高く振り上げている。

「お、お待ちください」

お絹が初めて取り乱した。

「お二人は何も真実をご存じありません。いくら敲いても無駄でございます」

「存じておるか存じておらぬか、躰に訊いてみるまでじゃ。さあ、やれ！」

桃井に命じられ、同心は源兵衛と佐平の背中めがけて笞を打ち下ろした。

ビシッビシッと音がするたびに源兵衛と佐平がヒッヒッと呻く。

二人の背中に跳ねる笞は肉を破って血を滲ませた。

いつまでも吟味が進まぬせいで鬱憤（うっぷん）が溜まりに溜まっていたのだろう。笞を振るう同心たちの目が水を得た魚のように輝いている。

「どうじゃ。これでも吐かぬか」

桃井は佐平や源兵衛を責めながら、お絹の心を激しく笞打っていた。

近藤は耐えきれず、残酷な仕打ちから目をそらすようにしていたが、お絹はじっと白洲の砂利を見つめていた。両手を縛られているので耳は覆えない。自分が罰を受けているかのように、強く唇を噛みしめている。

「おやめください！　真実を申し上げます！」

お絹が叫んだのは源兵衛と佐平の悲鳴が十を数えたときだった。

「ふふふ。ようやく音を上げたか」

桃井が満足げに微笑んだ。

「さあ、申せ。化けものとは誰だ。化けものはどこにおる」

「化けものは、ここにおります」

「ここに？」

「はい。化けものは、わたしの目の前におります」

「目の前？　そちは一体、何を……」

「化けものは、お奉行様でございます。敵は南町奉行の桃井憲蔵様でございます」

お絹の言葉に一同が凍りついた。

八丈から来て客の道中差を盗み、化けもの退治をしようとした女——その復讐の刃(やいば)は、この桃井憲蔵に向けられていたというのか。

二

白洲にまたしても囁きが渦巻いていた。

やはり狂っておる。狂女じゃ。痴れ者じゃ。

お奉行を敵として憎むなど言語道断。さてはこの女、天下を揺るがす謀反人か。

ご公儀への反逆、幕府の転覆を図る大悪党……。

「シィ～ッ」

近藤は同心たちに命じて警蹕の声をかけさせた。その目にも底知れぬ驚愕と恐怖が見える。旅籠で枕探しをした女中の敵討ち——他愛なく見えた事件がまさか奉行暗殺にまでつながろうとは思いもよらなかったのだ。

桃井の胸中も乱れに乱れていた。菊次郎や上総屋を化けものと呼ぶのならまだしも、天下に名だたる町奉行を下卑た言葉で貶めるのは容赦ならない。

重き拷問にかけて悶絶させてやろうか。無礼千万と一刀のもとに斬って捨てようか。怒りのあまり平静を失いそうになった瞬間、またしても亡き六平太の声が谺した。

——平らな道より険しき道を歩け。いばらの道は良き道じゃ。

然り……ここはまさしく我慢のしどころだ。御上の権威を揺るがせぬためにも、己の面目を固持するためにも、冷静かつ慎重に対処せねばならぬ、と桃井は己を戒めた。

「ハッハッハ！　ハッハッハ！」

桃井はあえて呵々と笑い飛ばした。

「そちは相変わらず面白き女であるな。奉行を化けものと名指ししたのは、余が〝もののけ〟なんぞという渾名で呼ばれておったからに相違ない」

蛮社の獄で蘭学者たちを震え上がらせた鳥居甲斐守耀蔵が、その名のせいで〝妖怪〟と呼ばれたのと同様、桃井にも好ましからぬ渾名がついた時期があった。

前任の奉行を支持していた者たちの目からすると、桃井の一挙手一投足が忌々しく腹立たしかったのだろう。

筑前守は畜生守だと揶揄されたこともあったし、桃井の〝ものの〟と憲蔵の〝け〟をもじって面白おかしく囃し立てられもした。

派手な振る舞いはせぬのに気がつくと幕府の要職についている。その茫洋とした存在感がどこか無気味に受け取られ、〝物の怪〟のように恐れられたのだ。

「連中はただ漫然と我が名を茶化していたわけではあるまい。余の下した厳しい沙汰や権謀術数の数々を指して、その悪名を冠しておったのであろう。されど、この桃井憲蔵は如何様な陰口を叩かれても涼しい顔をして歩いておった。嫌いは好きの裏返し。悪名は権力者の租税の如きもの。あらゆる中傷は出世を遂げた者への褒め言葉と呼ぶべきものであるからだ。だがな、お絹。陰口ならまだしも、こうして面と向かって〝化けもの〟と呼ばれたのは、さすがの余も生まれて初めてなのじゃ。あの菊次郎を化けものとは断じぬそちが、如何なる理由で奉行をその名で呼ぶ？きちんと順序立てて申し述べてみよ」

「承知いたしました」

お絹は小さく頷いた。

「申し上げる前に一つだけお約束いただけませんでしょうか。たとえ真実を聞いても、わたし以外の人間には決して罪や罰が及ばぬと……。わたし自身は刀で刺すなり首を斬るなりされてもかまいませんが、何の科もない方々が笞で打たれたりする姿は見るに堪えません」

「いつまでも面倒な女じゃ」

桃井が吐き捨てた。

「左様な約束は真実を申し述べてからのことだ。四の五の云わずに素直に白状しろ」

「では申し上げます」

お絹は軽く一礼した。

「わたしは、お奉行様のお名前をもじって化けものと呼んだのではございません。ただの伊達や酔狂ではなく、お奉行様の真の姿を存じ上げているからこそ、その名を冠したのです」

「真の姿とは大仰な」

桃井が鼻白んだ。

「そちとは、この白洲が初対面ではないか。一体、何を存じておるというのだ」

「いろいろと存じております。お奉行様という人間のあれもこれも……」

「ふふふ。神や仏でもあるまいし、あれもこれもとは傲慢この上ない。ではそちは菊次郎の吟味を余が行なったことも前々から存じておったのか」

「はい。菊次郎さんの口から直に聞いておりました。吟味の場で何を云われ、どういう理由で罰を与えられたのかも詳しく教えてくれたのです。それを知って、わたしは随分と驚きました。菊次郎さんの生涯はまるでお奉行様の手に操られているかのようです」

お絹は云い終えると、恐ろしい目で上の間を見つめた。

桃井は今になってようやく事情が呑み込めてきた。

この女は白洲に来てから初めて奇縁であると気づいたのではない。以前から因縁めいた関わりをよく承知していて、あえて奉行に向かって責を問いかけているのだ。

「お絹。そちの心持ちは歪んでおるぞ。愛しい者に先立たれて気が動転してしまったにしても、怒りや恨みの矛先（ほこさき）が大きく的を外れておる。菊次郎を遠島に処したことを恨むのも無理はなかろうがな。彼奴が八丈に送られなければ、そちと出会うことすらなかったのだ。むしろ奉行に礼を云ってもらいたいぐらいだぞ」

「礼など申しませぬ」

お絹はまたしても逆らった。

「菊次郎さんはわたしに云いました。『あの奉行は俺が手妻をやっただけで島送りにしやがった。あいつは俺のことを天下の謀反人だと決めつけやがったけどな。あいつこそ残虐非道な人でなし。人間の皮を被った化けものだ』と……」

「黙れ！」

桃井は声を荒らげた。

若く美しい女であったからこそ容赦してきたが、もはや聞き捨てならない。

敵討ちならば情状を酌量する所存でもいたというのに、心の隅にあった微かな恩情さえ今や消え失せてしまった。

奉行の怒声の激しさに近藤も狼狽していた。

その場を取り繕うために、騒ぎ声を立てる者たちを懸命に静めている。

書役たちも、今のやり取りを書面に残すべきかどうか迷っていた。

奉行は残虐非道な人でなし、人間の皮を被った化けもの――そんな異様な記述が後の世にまで伝えられてしまうことを恐れているのだ。

白洲に坐る証人たちも当惑を隠せずにいる。

源兵衛も佐平も、分別のある者たちは驚くというよりむしろ怯(おび)えていた。

あのような暴言を奉行に対して投げつけたら、どんな目に遭うか。それがわかっているだけに同情よりも恐怖が先に立つのだ。

「お絹ちゃん、謝るのよ！　すぐに謝れば、きっと赦して下さるんだから……」

お園がいくら必死に叫んでも、お絹は前を向いたまま微動だにしなかった。

本当に気が触れてしまったのか。それともただ頑迷なだけなのか。

にもかかわらず、その美しさだけは、いや増しに輝いている。

人を射抜くような黒く大きな眼。怒りと激情に染まった薄紅色の頰。

麗しいを通り越して、神々しいと思えるくらいの光を放っていた。

「お絹。心して聞け」

桃井は上の間から睨みつけた。

「奉行を化けもの呼ばわりした時点から、この吟味は盗みや敵討ちに関するものではなくなっておる。この桃井を殺そうとしておったのなら立派な暗殺の企みじゃ。厳罰に処すことになるが、それでもよいか」

「かまいません。罰を受ける覚悟はできております」

「ならば話は早い。只今からはそちの暗殺の企てについて吟味いたすことにする。清三郎から奪った道中差を使って、いつ、どこで、どのように余を殺そうとしておったのか申し述べてみよ。口さがない者たちから物の怪だ、化けものだと陰口を叩かれておった奉行だからな。今後も命を狙われることがあるやもしれん。後学のため、とっくりと耳を傾けてしんぜよう」

三

「わかりました」

お絹は軽く一礼してから話しはじめた。

「お奉行様を憎い敵と定めてはみたものの、残念ながらわたしには他人の命を奪う術(すべ)がございませんでした。だから、まずは何か武器を手に入れなければと考えたのです」

その言葉に頷きつつ、桃井はあらためて証拠の道中差を手に取ってみた。近藤も言及していたように、どこから見ても名刀とは思えぬ代物だ。こんなもので殺されたのでは奉行の名も形なしであると桃井は思った。

「それにしても目利きを誤ったものだな。かようなもので余を殺せるわけがなかろう」

「わたしとしてはどんな刀であろうと大した違いはなかったのです。どうせ上手に斬ることも突くこともできないのですから」

やはり女は浅はかだ、と桃井は冷笑した。

一口に人を殺すといっても、そう容易いことではない。

町人同士であれば包丁によるメッタ刺しでも命を奪えるかもしれないが、武士に刃を向けるとなったらそうはいかない。結局は返り討ちに遭うだけなのだ。

「では武器のことはさておこう。そちは、いつ、どこで余を狙おうと考えていたのだ？　お城への出仕の途上か、それとも奉行所に戻る際か？」

「どちらでもございません。時も場所もどうすればよいのか、江戸が不案内なわたしにはあまりよくわかっておりませんでした」

「下見もせずに、ただ殺したい一念だったというのか。それではあまりに無策じゃぞ」

「実を申しますと、一度だけ奉行所の前でお姿をお見受けしたことがございました。あれはお城からのお帰りでございましょうか。馬で戻って来られたところを拝見したのです。土下座している途中で覗き見ますと、お供の方や警護の方を何十人も引き連れておられましたので、お務めの往き帰りを狙うのは、どう考えても無理であると存じました」

「登城の際でないとしたら夜の外出を狙うつもりでおったのだな？　奉行も人の子、たまには酒を呑みに出かけたりもする。酔っておれば斬りかかることも容易であったろう」

「お城へは毎日ご出仕されるのでしょうが、夜のお出かけとなると、いつ何どきになるかわかりません。わたしも普段は旅籠の女中として働いておりますから、ずっと見張っているわけにも参りませんので……。襲撃の機会を得ることはかなり難しいのではないかと考えました」

「同じ女中なら奉行の役宅に勤めればよかったではないか。赤穂義士(あこうぎし)の手下が身分を隠して吉良(きら)の屋敷に奉公した例もある。そちの美しさであれば雇うておったやもしれぬぞ」

「それはわたしも一度考えたことがございました」

　お絹は珍しく素直に頷いた。

「お役宅の門番のご老人にお訊きしましたところ、桃井家は奥方様がことのほか厳しく、滅多にお眼鏡にかなわないのだとか。生まれ育ちから行儀作法、襦袢(じゅばん)の色から髪の油の匂いまで入念に調べ上げられるとのことですし、あまり器量が良過ぎる娘はお奉行様の目の毒になるから、どんなに真面目で働き者でも雇われにくいそうでございまして……」

「ふふふ。目の毒とは至言であるな」

桃井は、お節の白い瓜実顔を思い浮かべていた。

下手に美女を雇って夫の浮気心を煽ってはならぬと常日頃から用心しているのに違いない。さすがは聡明な弥勒菩薩である。

「女中奉公が無理であれば、芸者や花魁に身を沈めて、お奉行様が遊びに来られるのを待とうかと思ったこともございました。けれどそれでは怨みを果たすまでに随分な時がかかってしまいますので、あまり良い手段には思えなかったのです」

「残念じゃったな。そちの芸者姿はさぞかし華麗であったろうに」

「お褒めいただいて恐縮です」

お絹は一度目を伏せてから、また顔を上げた。

「もう駄目だ。お奉行様を殺すなんて、夢のまた夢なんだ。半ば諦めかけていたある日のことでございました。わたしは目の前で人が番所に連れて行かれるところを見たのです。あれは空巣だったのか押し込みだったのか、長屋に忍び込んだところを見つかって捕まったのだと聞きました。町役の方の話では、すぐにお白洲に引き出されて、お奉行様じきじきに吟味を受けたのだとか。わたしはそのとき、これだ、と小さく叫びました。桃井様にお会いするのなら、この方法がいちばん早い。何か罪を犯せばいいのだと気づいたのです」

お絹の言葉に白洲がどよめいた。

まさか、そんな。いくら何でも大胆過ぎる。暗殺を企んだ者は数あれど、それほど無謀なことを考えた者は今まで一人もいなかった。

「では奉行と相対するためにわざと罪を犯して捕まったというのか」

「はい。仰る通りでございます」

お絹は淡々と答えた。

「それからは、どんな罪を犯せばいいのか、じっくりと考えました。ちょっとした盗みではその場で赦されてしまうかもしれませんし、あまり大それたことをするには度胸が足りません。盗みをした上で相手を傷つける——それぐらいであれば番所に突き出されて、お白洲にたどりつけるのではないかと考えました。刀がちゃんと使えるかどうかわかりませんので事前に試し斬りをしておく必要もあったのです。お客様にはご迷惑でしたが、少しだけ血を流させていただきました」

単なる公事沙汰であれば、いつ取り上げることになるか不明だが、番所に突き出された科人は即刻吟味することになっている。思いつきで刀を盗んで人に斬りつけたのではなく、罪の軽重まで考慮した上でのことだったらしい。

「すると何もかも考え尽くした上で清三郎を襲ったというのか」

「別に相手は誰でもよかったのです。わたしにちょっかいを出してくれそうな女好きの方であれば、それで十分でした。あのお客様は上方の商人で金にうるさく、盗みを大袈裟に騒いでくれそうでしたので、実に似つかわしい御方だったのでございます」

「アホ云うな」

清三郎が怒って声を上げた。

「ほな、わてはお前の計略にまんまと引っかかったっちゅうわけか……。かわいい顔して何ちゅう恐ろしいおなごやろ」

軽佻浮薄な清三郎の言葉に頷く者が何人かいた。外面如菩薩内心如夜叉――やはり美女は恐ろしい。

「武器にもこだわらず、盗む相手にも頓着せぬ。そちの企みはやはり無謀じゃのう」

「たしかに無謀かもしれません。でも一つ、これだけはと気を配った点がございました」

「それは何だ。早く申してみよ」

「いつ罪を犯すか。その時期にだけは気をつけました。せっかく捕まったとしても南町の奉行所に入れなければ何のために罪を犯したのかわかりません。ですから、どうしても今月中に事を決行しないといけなかったのです。捕まったのが先月や来月でしたら、お奉行様とお会いすることもかなわないのですから……」

江戸の奉行所は北町と南町に分かれている。

北は呉服橋御門内、南は数寄屋橋御門内。

建物は別々であるが取り締まる管轄は同じで、ひと月ごとに交替する月番制になっていた。

一月を北町が担当したら、二月は南町。

月番の奉行所は大門を八文字に開いて訴訟を受け付け、非番の奉行所は門を閉めて前月の訴状の処理などに忙殺されている。

「奉行は毎度毎度白洲に顔を出すわけではないのだぞ。もし余が吟味の場に出なかったならば、どうするつもりだったのだ」

「その点については、ある種の賭けのようなものでございました。お白洲に初めて出ましたときには与力様しかいらっしゃいませんでしたので、このまま吟味が終わってしまうのではないかと案じておりました。それでは困りますので、なるべく吟味が長引きますように、お奉行様でなければ判断がつきかねますようにと、わたしなりにあれこれ工夫いたしたつもりでおります。はじめのうちは屏風の蔭に隠れておいででしたでしょ？　何とか前に出てきていただき、お姿をお見受けして胸を撫で下ろした次第でございます」

　頑固に沈黙を守り通していたのも、与力の見解をすべて否定していたのも、奉行を引きずり出すための策略であったというのか。

　桃井は、お絹のしたたかさに唸った。何もかも計算尽くで算段通り。一見すると杜撰に思える企みが、実はこの上なく緻密なものであったのかもしれない。

「では、この吟味の最中に余を殺そうと目論んでおったのか」

「実に愚かでございました」

　お絹は悔いるように嘆息した。

「八丈生まれの田舎者の悲しさ、生まれてこの方、お白洲というものをこの目で見たことがなかったのでございます。お白洲には、もっと人がいないのかと思っておりました。こんなにたくさんの警固の方がいたのでは、せっかくお奉行様と面と向かい合ってもどうすることもできません」

「呆れた女だ」

　と桃井は思わず口に出して呟いていた。

お絹が賢いのか馬鹿なのか、策謀家なのか気まぐれなのか、だんだんわからなくなる。

桃井は無性に莨が吸いたくなってきた。内聴所をやめて白洲に出てきたことを今になって少し後悔しはじめている。

「お絹。そちの企みの概要はようわかった」

桃井は気を取り直し、一つ深呼吸してから白洲を見下ろした。

「それにしても左様な大それたことをいつごろから考えておったのだ。島を出たときにはすでにその決意を胸に秘めておったのか？」

「いいえ、八丈から船に乗ったときにはお鈴さんを捜し出すことしか頭にございませんでした。早く菊次郎さんの想いを伝えなくてはいけない。もし見つからなかったら遠い江戸まで何をしに来たのかわからない。ならば生きていてもしょうがない。敵討ちどころか、己で己を殺そう、いっそ自害してしまおうと後ろ向きなことばかり考えておりました。お奉行様を敵と定めたのは喜八さんと会って、いろいろな話を聞いてからのことです」

「喜八は何を申したのだ。菊次郎の一件とどう関わり合いがある」

「菊次郎さんが上方に旅立ったあと、喜八さんの身には驚くべき椿事（ちんじ）が二つ起きていました。一つは火事――芝の金杉町にあった蕎麦八から火が出て、店が丸ごと燃えてしまったのです。焼け跡に駆けつけた家主は火事見舞いすら口にせず、家を燃やした迷惑料を払え、溜まっている店賃を早く持って来いと怒鳴るばかり。喜八さんは店を失った上に大枚の借金まで抱えてしまい、ただ呆然と佇むしかなかったのだそうです」

「火事と喧嘩は江戸の華と申すからな。油断すると、たちまち痛い目に遭うのだ」

「その火事は不注意から出たものではありませんでした。喜八さんは火の始末には十分過ぎるくらい気をつけていたらしいのです。近所の噂では怪しげな人間が店の裏手をうろうろしていたのだとか。もしかしたら夜中にこっそり火を付けられたのかもしれません」

やはり、この女は徒の鼠ではないと桃井は思った。鼠どころか、爪を尖らせた猫。いや、もしかしたら牙をむいた虎かもしれない。

「付け火とは穏やかでないな。喜八は誰かに恨まれておったのか」

「佐平さんも仰っていたように、喜八さんは人から恨みを買うような方ではございません。ご本人も、そういう心当たりは何もないと仰っておりました」

「ふむ……では驚くべき椿事の二つ目とは何だ？」

「それは喜八さんではなく、娘のお鈴さんの身に起きたことでした。喜八さんが火事に遭ってすぐのころ、なぜか突然に妾奉公の話が持ち上がったのです。行儀見習いをしていたお屋敷のご当主であられる佐伯文之進様というお旗本に見初められ、どうしてもと強く乞われてしまった。お鈴さんは菊次郎さんのこともあるので気が乗らなかったのですが、喜八さんの事情を考えると無下に断わるわけにもいきませんでした。支度金と称して目の前に五十両という大金まで積まれてしまっては、もはや抗うこともできません。迷いに迷ったあげく、泣く泣く承知するしかなかったそうです。そのお金で喜八さんは借金を返して担ぎの蕎麦屋として出直し、お鈴さんの方はお屋敷の一角に建てられた茶室のような離れに囲われて外出もままならなくなります。巡業から戻って来た菊次郎さんの前から蕎麦八の店やお鈴さんの姿が消えてしまったのには、そういう複雑怪奇な事情があったのです」

「ふふふ。凶事のあとに吉事ありか……人生、山あり谷ありだな」

「本当の凶事は、それから半年ほど経って稲妻のように襲いかかりました。ある日、喜八さんのところにお屋敷から急な知らせがあり、お鈴さんが病にかかって死んでしまったというのです。喜八さんは驚いて駆けつけましたが、娘の死に目に会うことはできませんでした。せめて死に顔でも見たいと願い出ても、亡骸はすでに墓に埋葬されてしまったあとだった――わたしはそれを聞いて、随分とひどい話だと思いました。いくら身分が違うからといって娘の病を親にも知らせず、遺骸を勝手に埋めてしまうなんて赦せません。お奉行様はどう思われますか？　この佐伯文之進様というお旗本のことを」

「ん？　どうとは如何なる……」

「お奉行様は佐伯文之進様のことをよくご存じでいらっしゃいますよね？　本郷の西片にある佐伯様のお屋敷はお奉行様が幼いころを過ごされたご本家なのでございましょ？　今のご当主である文之進様は、お奉行様と腹違いの、すぐ下の弟様ではございませんか？」

今度はお絹ではなく桃井が沈黙した。

与力も同心も訴人も証人も、意外な事実を知って息を吞んでいる。囁き声を発することすら、ためらわれるほどであった。

四

桃井は額にじわりと滲んだ汗を手の甲で拭った。

（この娘は奇っ怪だ。一体、何をどこまで知っておるのか……）

よぎる不安に苛まれながらも、あくまで平静を装うしかない。

「よう調べたな、お絹。そちは下手な同心や岡っ引きよりも才知に長けておる。その気があるのなら奉行所で雇ってやってもよいぞ」

「いいえ、結構です。左様なお誘いは丁重にお断わりいたします」

お絹は、にこりともせずに答えた。

「わたしはせめてお鈴さんのお墓に手を合わせたくて、喜八さんと一緒に谷中にあるお寺に出かけました。お花とお線香を携えて墓地の隅にある卒塔婆までたどりつくと、その前に誰かがしゃがんでいるのが見えたのです。四十がらみの女衆風の方で、一人で泣いておられましたが、わたしたちに気づいて顔を上げ、ハッとした目になりました」

「その女は何者だ。この話とどう関わりがある？」

「その人の名は、お仲さんといいました。お屋敷の離れで、ずっとお鈴さんの身の回りの世話をされていた方だそうです。お仲さんはお鈴さんの死を深く悲しんでおられました。家が近いせいもあって、亡くなってからも毎日ここに来てお墓に手を合わせているのだとか」

「下女にしては、えらく律儀だな。よほど懇意にしておったのか」

「懇意というより後悔といった方が正しいでしょう。お仲さんは云いました。『あたしは毎日お鈴さんに詫びているのです。あまりに心苦しくて、ただただ泣くしかありません』と」

「心苦しい？　それは如何なる後悔だ？」

「看病に足りないところがあったとか、もっと早くにお医者様を呼べばよかったとか。そんな理由で悔やんでらっしゃるのかと思っていたら、違いました。お仲さんは喜八さんやわたしが考えてもいなかったことを口にしたのです。『実は、大きな声では申し上げられないのですけれど……お鈴さんは……病で死んだのではなかったのですよ』」

「ふむ……ならば、どうやって命を落としたのだ」

「お仲さんは棺に納められるお鈴さんの遺骸をはっきりと見たのだそうです。その躰は、病で死んだにしては、あまりに異様でした。恐ろしいことに、お鈴さんの背中や手足には目を覆いたくなるような夥（おびただ）しい生傷があったのです。お仲さんは、その事実を誰にも告げてはならぬとお屋敷から固く口止めされていましたが、わたしたちの顔を見て、つい気が緩んでしまったのでしょう。心のしこりを取り去るように本当のことを教えてくれました」

「その傷は何によるものだ。ひどい怪我でもしたのか」

「お鈴さんはどこかで転んだわけでも、何かにぶつかったわけでもありません。白い肌に刻まれていたのは、数え切れぬほどの赤い筋と醜く腫れ上がった青黒い痣。その傷痕は明らかに笞で敲かれたり、何かで刺されたりしたものでした。お鈴さんは夜な夜な折檻されたあげく、耐えきれずに舌を嚙み切ってしまった。無惨にも責め殺されてしまったのです」

桃井は黙って聞いていた。

奉行の顔が暗く曇っているのを見て、与力や同心たちも戸惑っている。目と目で会話するのも憚られるのか、皆が仕方なく俯いていた。

そのどんよりとした沈黙を切り裂くように、お絹の声だけが鋭く響きわたっている。

「お鈴さんは妾奉公についてからも、お仲さんを介して菊次郎さんと文を交わし合っていました。きっとそれが唯一の慰めだったのでしょう。妾にされたことは隠したまま菊次郎さんとひそかに心を通わせ合っていたのです。お鈴さんは、菊次郎さんから届いた文を行李の奥に大事にしまって隠していました。けれど、ある日、その文がお殿様に見つけられ、読まれてしまったのです。お殿様は、お鈴さんの不義を疑って問い詰めました。この男は何者だ。いつどこで会った。何をした。『菊次郎さんはただの幼なじみです。隠れて会ったりはしておりません』お鈴さんがいくら云い訳しても信じてもらえず、どんなに謝っても赦してくれない。ただただ怒り狂われ、殴ったり蹴ったりされたのに違いありません」

「不義密通は天下の大罪である」

桃井は心に動揺を覚えながらも威厳を崩さずに諭した。

「妾とはいえ、主を裏切ったのであれば、それ相応の報いは受けねばならぬであろう」

夫が妾を何人持っても罪にはならなかったが、妻が不貞を犯した場合には死をもって償わねばならなかった。幕府の手による御定書百箇条には、密通した妻も姦夫である間男も死罪と定められている。

妻敵討ちと称して、夫が間男を斬り殺すことも容認されていた。自宅で同衾する現場を押さえた場合には、その場で不義者を殺めても罪には問われなかったのである。

「ならば堂々と事を公になさればよかったではありませんか」

お絹は憤慨していた。

「病死などと偽って、どうしてこそこそ埋葬してしまわれたのでしょう」

「詳しい事情はよく知らぬが……」

と桃井は前置きした。

「妾のふしだらな行状が露見することを恐れたのであろうな。それが手討ちであろうと自害であろうと、旗本として体裁が悪いと考えたのに相違ない。あえて事実を隠して病死とし、穏やかに事を収めることにしたのではあるまいか。不幸なことではあるものの、そのおかげで妾の面目も保たれることになったのだ。哀れな女に万全の配慮をしたとも云えよう」

「万全とは恐れ入ります」

お絹はなぜか微笑した。

「それにしても、お奉行様はえらく他人事のように仰っておられますね。弟様のお屋敷で起こった不祥事であるというのに」

「文之進は若いころから色好みでな。廓や岡場所でさんざん遊んでおったし、妾も片手に余るほどおる。あちこちに別宅を構えるだけでは飽き足らず、とうとう屋敷に同居させてしまったようだ。されど弟は弟、余は余だ。あやつの妾のことなんぞ何も……」

「嘘つき！」

突然お絹が叫んだので、桃井は呆気にとられた。

それがあまりに不意打ちであったせいだろう。近藤でさえ無礼だと戒めることをつい忘れてしまったほどだった。

「お奉行様は嘘つきです。わたしがここまで話しても、まだ真実を語っておられません」

「そちは何を……余は嘘など……」

「お仲さんは、お鈴さんのことだけでなく、雇い主であるお殿様についても教えてくれたのですよ。佐伯のお屋敷にご奉公するからには、お仕えするのはご当主の文之進様に違いない。てっきりそう思い込んでいたお仲さんは、離れを訪ねて来たお侍の顔を見て声が出ませんでした。それは文之進様ではなく、また別のお殿様。文之進様のお兄様にあたられる桃井憲蔵様——今をときめく南町奉行だったというではありませんか」

桃井は答えず、ごくりと唾を呑み下した。その音が耳の奥ではっきりと聞こえる気がする。

落ち着け。落ち着くのだ、憲蔵。この動揺を決して気取(けど)られてはならぬ……。

「ご体面を気にされるあまりか、よほど奥様のことが恐ろしいのか。お奉行様は、ご本家のお屋敷の一角にひそかにお鈴さんを囲って、月に一度か二度、お忍びで通われていらっしゃった。家中(かちゅう)の者でさえ文之進様の妾であると信じていたそうですから、そのからくりを知っていたのは、佐伯家の中でもごく限られた人間だけだったのでしょう。どこか外に妾宅を構えれば、すぐに奥様に知れていたかもしれませんが、色好みの弟を隠れ蓑(みの)にして本家の中に住まわせておけば、世間体を気にせず、好きなときに出入りすることができる。さすがは権謀術数にすぐれたお奉行様ならではのご策略。菊次郎さんの手妻にもひけをとらぬ見事な目くらましの術でございます。わたしはつくづく感心いたしました」

皮肉に満ちた科人の視線を桃井は無言で受け止めた。

しばらくじっと目を合わせていると、背筋を伸ばして正座しているお絹の姿に、お鈴の幻が重なって見えてくる。

桃井がお鈴と初めて会ったのは、今から三年前の正月だった。

新年の祝いに本家を訪れたとき、弟の文之進と深酒をし過ぎて気分が悪くなり、厠に向かう廊下の途中で、桃井は胸を押さえて苦しんでいた。そこへ一人の見知らぬ女中がやって来て、背中をやさしくさすってくれた。廊下に吐いたものまで手際よく始末し、頼んでもいないのに、口をゆすぐ水まで素早く持ってきてくれたのだ。

「そちは……誰だ……」

「お鈴と申します。こちらで行儀見習いをさせていただいております」

武家の子女ではなく、町人の娘だという。生まれ育った家が酒も呑ませる蕎麦屋でしたので、酔った方のお世話には馴れているのでございます。そうやって恥じらうように微笑み、頬を染めて俯く姿が、たまらなくいじらしかった。

お節の前でも似た失態を演じたことは何度かあるが、桃井はいつもどこかで咎められているような気がした。南町奉行ともあろうものが、酒に溺れて醜態をさらしてはなりませぬ。有難いと礼を云うよりも前に、申し訳ない、かたじけないと謝りたくなるのが常だった。

だが、お鈴に対しては肩を張ることもなく素のままでいられた。

お節が本堂の奥に祀られた弥勒菩薩なら、お鈴は道の辻に佇む地蔵菩薩——高貴でも怜悧(れいり)でもないが、親しみがあり素朴さがあった。そこには押しつけがましさや恩着せがましさのかけらもなく、やさしい温もりだけが感じられた。

桃井は、その束の間の邂逅が忘れられず、用もないのに本家に顔を出し、お鈴を遠くから眺めるようになった。子猫のような柔らかい物腰や、ちょっと高めの声。きちんと両手をついてお辞儀をする姿は意外なほどに凛々しく、畳の縁に躓いてアッと小さく叫んだり、つまみ食いを見つかって舌を出したりする剽軽さすら愛おしかった。

やがて、ただ見ているだけでは飽き足らなくなり、桃井は弟に無理を云った。文之進は驚いたが、兄者がおなごに惚れるとは青天の霹靂じゃ、いやはや実にめでたいとからかって、人の目を欺くからくりや面倒な計り事も笑って受け入れてくれた。

隠し女のようにしたのは、女房を怖がっていたからだけではない。桃井はお鈴のことを人から妾とは呼ばせたくなかった。生母が側室であったせいもある。その言葉の肌合いを幼いころからずっと嫌悪していたのだ。森で見つけた小鳥を籠の中で飼うように、ひっそりと誰にも気づかれず自分だけのものにしたい。その願いをかなえるために桃井は半年以上かけて入念な策を練った。

妻子はもちろんのこと、奉行所の部下たちにも悟られぬよう細部にわたって配慮を施し、望み通りに掌中の珠としたのである。

冬から春にかけての、わずか百日余りのあいだ――桃井はお鈴と至福の時を過ごした。

おおっぴらに外出はできないので離れの狭い空間だけが二人の城だ。

着くなり急くようにして抱きしめる日もあったが、ただ並んで、ぼんやり庭に咲く梅の花を見つめることも多かった。お鈴と一緒にいると、梅の香がただの梅の香ではなくなった。蘭奢待の如く貴重な、心休まる無上の芳香へと様変わりした。

お鈴とのひとときは、妻と睦み合ったり遊女をいたぶったりするのとは違っていた。

心の底から惚れ込んだ。嘘偽りなく愛しかった。

これこそ生涯に一度きりの恋であるようにさえ思われた。

その大事な大事な、宝物のような思い出が今や危機に瀕している。

何重にも包んで覆い隠してきたことが次々とお絹の手によって剝がされ、地金が露出してしまっている。

これでは小判に見せかけた贋金同様だ。奉行の面目も男の沽券もあったものではない。

「お奉行様！」

お絹が上の間に向かって、また叫んだ。

「そうやって、いつまで黙っておられるおつもりですか。早く本当のことを仰らなければ、日が暮れてしまいますよ」

お絹は上の間を見上げて、勝ち誇ったように微笑んでいる。

桃井は思わず目をそらし、しばしうなだれるしかなかった。

何ということだ。これではどちらがどちらを吟味しているのか、わからないではないか。

五

白洲は逆転していた。

奉行が科人を詰問するのではなく、科人が暴く奉行の秘密を、与力や同心たちが耳をそばだてて聞いている。訴人の清三郎や、証人の源兵衛、佐平、お園たちもいつになく目を輝かせていた。芝居でも見るかのように筵から身を乗り出している。

「これだけ申し上げてもシラを切られるおつもりなら、仕方がございません。わたしが推察することを聞いていただいて、まことならまこと、違うなら違うと仰ってくださいませ」

どこかで耳にした台詞だと思ったら、与力がお絹に命じたのと同じ云い回しである。

「いい加減にせぬか。お奉行に対して不敬きわまりないぞ」

近藤の言葉は叱っているというより、お絹のことを思って忠告しているように桃井には聞こえた。この話をこれ以上進めたら、どんな恐ろしいことになるかわからない。その結末を危ぶみ、怯えているような口振りだった。

「申し訳ございません。けれど、真実を明らかにするためには、お奉行様に本当のことをお話しいただかなければならないのです」

「科人の分際で何を申す。しっかと身分をわきまえよ」

「控えよ、近藤」

桃井は呻くように諫めた。

「この際、喋りたいだけ喋らせてみようではないか。どうせ島娘の戯れ言である。ショメ節だと思って聴いておればよい」

「されど、お奉行……」

「案ずるな。余はこの娘の荒唐無稽な話を最後まで聞き終えてから、大声で笑い飛ばしてやりたいのだ」

桃井は背水の陣を敷いた。

いちいち否定して云い訳を連ねたところで、即座に信頼が回復されるわけではない。であれば、お絹が事実をどこまで知っているのか、それを隅々までたしかめておいた方が得策だ。この娘の攻撃をいったんすべて受け止め、相手を詳らかに観察した上で、ここぞという弱点を見出す。反撃は、それからでも遅くないと桃井は思った。

「では、申し上げます」

お絹は筵の上で坐り直した。

「わたしは以前から菊次郎さんの一件について、どうにも解せぬ点がございました。菊次郎さんの手妻がそんなにも罪深いものなら、何故もっと早くお縄にかけられなかったのだろう。半年も経って上方から帰ってから捕まったのは、何か他の件と関わりがあるのではないか。ずっとそんな風に疑っていたのです。けれど、お鈴さんとお奉行様の秘め事を知ったおかげで謎が解けました。絡み合っていた糸が、するするとほどけていく気がしたのです」

　桃井は唇を嚙んだ。お絹の次の言葉を、ただ待っている。

「菊次郎さんがお縄にかけられたのは贋金造りや謀反の罪によるものではなく、お鈴さんとの仲が明るみに出たせいだった――そう考えると何もかもが理屈に合い、捕まった時期についても、なるほどと納得がいきました。お奉行様はわたしがお鈴さんに焼きもちを妬いたことをお笑いになったかもしれませんが、誰よりも嫉妬の炎を燃やされたのはお奉行様ご自身だったのではございませんか？　行李の底に隠されていた文を読んで、かわいい妾が若い菊次郎さんに心を奪われていたことを知り、年甲斐もなく正気を失われた。躰は開いても頑なに心を開かなかったお鈴さんが、どうしても赦せなかった。妾への憎しみは折檻し責め殺したことで癒されはしたものの、菊次郎さんについては、まだ腹立ちが収まらない。不義の現場を目撃したのであれば『間男、覚悟！』と斬り捨てることもできたでしょうが、恋文を見つけただけではさすがに手討ちにするわけにも参りません。そこでお奉行様は自らのご威光を利用して菊次郎さんに偽りの罪をかぶせることにした。手妻やカネカネ節や贋金造りを口実にしてお裁きに私情を交え、菊次郎さんを島送りにすることで意趣返しをなされたのではございませんか？」

お絹は、その場にいたかのように的確に推理した。

奉行の罪をあげつらう厳しい口調を耳にするうちに、桃井は記憶の扉が次々と開いていくのを感じた。お鈴の行李を開けたときの忌まわしい光景がまざまざと甦ってくる。


あの日、桃井はお鈴に内緒で一本の玉簪(たまかんざし)を贈ってやるつもりでいた。

老練の職人にわざわざ注文して造らせたもので、この世に一つしかない逸品だ。

その玉には可憐な一輪の梅の花と桃井の家紋がさりげなく刻んであった。掌中の珠である証ともいうべき、心尽くしの贈りものだったのだ。

素直に渡せばいいものを、柄にもなく茶目っ気を発揮したのが藪蛇(やぶへび)になってしまった。簪を押し入れの中にあった行李に隠して、お鈴自身に見つけさせるつもりでいたのに、行李の奥深くを手で探っているうちに、紐でくくった幾通もの文の束を見つけてしまったのだ。

桃井は不審に思い、文を手に取って開いて中身を読んでみた。

その一通一通からあふれ出てくる艶(つや)っぽい言葉の数々。

恋しい、愛しい、会いたい、抱き寄せたい……。

淫らな一行一行を目で追っているうちに腸が煮えくり返り、全身の血が逆流した。お前は桃井憲蔵の女ではなかったのか。床の中であんなに悶え、すすり泣いていたのは真っ赤な嘘だったのか。ここまでの幸せな日々は一体何だったというのだ。

激怒のあまり、口より先に手が出た。

お鈴の白い頬が歪むほどに強く叩き、腹や腰を力まかせに蹴り上げた。それでも飽き足らず、桃井は離れの奥にある座敷牢に連れ込み、縄で縛って逆さ吊りにした。笞で打ち、木刀で殴り、贈ってやるつもりだった玉簪で背中や胸のあちこちを突き刺した。この裏切り者め。淫乱女め。白洲で行なう拷問よりも、何倍も激しく残酷に問い詰めた。さあ、白状しろ。お前は今もその男に惚れているのか。わしのことを恋したことなど一度もなかったのか……。

あの日以来、桃井の心には大きな穴が空いている。

見かけは立派な大木に見えても、その幹には埋めようのない暗い空洞が潜んでいた。

「菊次郎の遠島は、お鈴の不祥事とは無縁である」

桃井は我に返り、声を絞り出して否定した。

「あくまでも彼奴の手妻の不穏さを罰したに過ぎぬ」

「本当にそうでしょうか？　わたしは蕎麦八の火事も、実はお奉行様の仕業だったのではないかと疑っているのです。妾奉公の話を無理にでもうんと云わせるためには、蕎麦屋の店を燃やし、父親に借金を抱えさせて娘を窮地に追い込むしかない。そこまでお考えになっての、巧妙な陰謀だったのではございませんか？」

お絹の推理は間違っていない。

佐伯の屋敷で見初めたまではよかったが、いざ妾奉公の話になると、お鈴はなかなか首を縦に振らなかったのだ。若い娘は齢の離れた奉行なぞには易々となびいてはくれない。このままでは面目が丸潰れになり恥をかくばかりである。

桃井は配下の者を呼びつけて、ひそかに付け火を命じた。今までにも汚れ仕事を一手に引き受けてきた隠密のような浪人どもだ。政敵を陥れたり讒言を広めたりする際にも実に手際がいい。蕎麦屋の一軒を燃やすぐらいは朝飯前だった。

「何とも思い込みの激しい女だ」

桃井はわざとらしくため息をつき、逆にお絹に問いかけた。

「そこまで申すからには、よほどの自信があるのだろうな。何かはっきりとした証拠があるのか。それとも、誰か付け火の現場を見た者でもおるのか」

「いいえ。何の証拠もありませんし、証人と呼べる者もおりません」

「ならば、いくらほざいても無益なだけだ。井戸端の噂話にも劣る」

「けれど、わたしにはわかるのです。証拠などなくとも、はっきりと感じるのです」

「何がわかる。そちは呪いや八卦見でもやるのか」

「呪いでも八卦でもございません。同じ恋した者同士として、お鈴さんに死ぬほど惚れ込んだお奉行様の心持ちが痛いほどわかるのです。どんな罪を犯してでも、恋しい人を手に入れたい。自分のものにしたい。その切なく悲しい想いがひしひしと伝わってくるのです」

お絹は桃井に向かって同情にも近い視線を送ってきた。

悲しみから怒りへと移り変わってきた表情がふと立ち止まり、今では幼子を憐れむような目つきになっている。

「同じ恋した者同士か……であれば、奉行はそちの同類ということになるな。名は物の怪でも、心は人の子。もはや醜い化けものなどとは呼べまい」

「いいえ、お奉行様はやはり化けものです」

お絹は一転して桃井を睨みつけた。

「お仲さんは涙ながらに顚末を語ったあとで、最後の最後に教えてくれました。『あんなことにさえならなければ、お鈴さんは今ごろ幸せに暮らしていたはずなんですよ。かわいい子どもを抱えて、きっと楽しそうに笑っていたことでしょうに……』」

「どういうことだ、それは。子どもとは何の話だ」

「お鈴さんは、あのころ赤子を孕んでいたのです。お仲さんによると、およそ三月ほどだったらしく、時どき悪阻もあったとのこと。お奉行様は何もご存じなかったのですか?」

桃井は記憶の奥を探った。

お鈴は腹も出ていなかったし、目の前で吐いたりすることもなかった。務めが忙しくて月に一度しか会えぬこともあったから、懐胎に気づく余裕がこちらになかったのかもしれない。お鈴の方があえてその事実を隠していたとも考えられる。桃井に悟られぬよう秘密にしていたのであれば、そこにはどんな考えがあったのか。

「仮に懐胎していたとしても……」

と桃井は冷たく反論した。

「妾奉公をする以前に菊次郎とのあいだに生した不義の子に相違ない。それ故、事実を告げずにいたのであろう」

「不義の子ではございません」

　お絹はまた断言した。

「わたしは菊次郎さんの口から、はっきりと聞きました。あの人とお鈴さんは互いに思い合ってはいたけれど、まだ躰と躰では結ばれていなかったのです」

「戯れ言を申すな。色男の手妻師が惚れた女に手出しをせずにおくものか」

「他の女にならすぐにちょっかいを出していたでしょうが、お鈴さんにだけは違っていたのです。菊次郎さんは本気で惚れていたからこそ、躰を抱くことより心を求めていた。だから何通も何通も文を交わしていたのです。いつか抱き合える日が来ることを夢見て……」

「まさか……左様な話は虚言だ。菊次郎のつくり話に相違ない」

「お奉行様は奥様とのあいだに子が生せず、ご養子を迎えていらっしゃった。自分には子はつくれぬ。厄年を目の前にして我が子なんぞできるはずがない。そう思い込んでおられた。それゆえ赤子は菊次郎さんのものと断じられたのでしょうが、事実は違っていたのです。お鈴さんはお奉行様以外の男の方と一夜を共にすることはなかった。あの子は不義の子なんかではなく、お奉行様ご自身の血を受け継いだ紛れもない実子だったのでございます。お奉行様は自分を裏切った妾を折檻しただけでなく、その胎内にある赤子まで殺してしまった。血のつながった我が子の命を己の手で奪ってしまった。だから正真正銘の、人でなしの化けものなのです」

「黙れ黙れ黙れ！」

桃井はいつのまにか立ち上がっていた。

「そちの云うことは何もかも出鱈目だ。根も葉もない絵空事ばかりではないか」

「わたしの云うことが信じられないのなら、喜八さんやお仲さんをお白洲に呼んでください。あの人たちは真実を知っております」

「聞く耳持たぬ！」

桃井は大声で叫んだ。

「本日の吟味はここまで。裁きは数日後に申し渡す」

奉行の狼狽する姿を見て、近藤も慌てていた。

吟味はそこで終了となり、お絹は奉行所内の仮牢（かりろう）へと引っ立てられていく。

桃井は憤然として白洲を離れ、役宅に向かった。

何という失態。何という誤算。何という恥辱……。

音がするほどの急ぎ足で廊下を歩くと、すれ違う者たちが後ずさりして平伏した。

急な御用か。それとも、御家の一大事か。色をなされて、一体どちらへ……。

奉行を見上げる与力や同心たちの目には、ただ驚きと不審だけがあった。

六

その夜、桃井はいつまでも眠れなかった。

寝所に入ってからも横になる気になれず、莨ばかり吹かしていた。

真実を暴かれただけなら虚言を弄して云い繕うこともできただろうが、予期せぬ赤子の話には寝首をかかれる思いがした。心の歯止めが利かなくなり、つい我を忘れて激昂してしまったのだ。

お鈴は本当に身ごもっていたのか。その子は、この桃井憲蔵の血を継いだものであったのか。わしは実の子をこの手で殺してしまったのか……。繰り返し自問しても答えは出ない。墓を掘り返してたしかめたところで真相は判明しないだろう。

喜八やお仲を野放しにしていたことを桃井は今さらながら悔やんだ。

喜八に関しては五十両の支度金を与えたことで、どこか安心しきっていたところもある。お鈴が望むのであれば、何らかの援助をして蕎麦屋の店を再建させてやってもいいとまで考えていた。こんなことになるのなら、お鈴を埋葬した時点で江戸から遠くに追いやっておくべきだった。そうしておけば、お絹に見つけられることもなかったに違いない。

お仲とはほとんど面識すらなかった。

下女とはいえ、あくまでお鈴の世話をしていただけで桃井が訪れる際には離れに近寄ることを禁じてあったからだ。棺に納めるときにも墓に埋めるときにも秘密裡に事を行なうよう指示していたが、お仲はどこか蔭に隠れて見守っていたのかもしれない。何かの拍子に遺骸が目に触れ、お鈴が病死でなかったことが露見してしまったのだろう。

お仲には口止め料代わりに幾ばくか与えて暇を出していたはずである。とうに屋敷を辞めた下女が、まさか今もお鈴の墓に日参しているとは思わなかった。ましてや墓前でお絹や喜八と出くわすことになろうとは予想だにしない……。

「失礼いたします」

襖の向こうでした声に桃井は目を上げた。声の主は、お節である。

「もうお休みになられましたか」

「いや、まだ起きておる」

「少々、ご報告いたしたいことがございまして……」

　お節は襖を開けて寝所に入ってきた。

　すでに夜が深いというのに、まだ寝間着にも着替えずにいる。珍しく鬢の髪がほつれており、顔が少し疲れているように見えた。

「俊之介には、私の方からこんこんと云い聞かせました。根津の芸妓の件は何とか諦めたようです。後始末に幾ばくか金子を要しますが、どうかご容赦くださいませ」

「そうか。あいつのことはすっかり忘れておったが……事がうまく運んでよかった」

「ご心配をかけて申し訳ございませぬ。すべて私が至らなかったせいでございます」

「そなたが謝る必要はない」

　桃井は新しい莨に火を点けた。

「われら夫婦は諦めるのがちと早かったのだ。もう少し気長に構えて、やはり、きちんと自分たちの子をつくるべきだった」

「石女は離縁されても詮ないものと覚悟しておりました。死んだ父もせっかくの婿に申し訳ないと何度も口にしていたのです。あなた様がおやさし過ぎたのでございます」

「やさしいとは申せぬな」

桃井は真実を語るときが訪れた気がした。

「俊之介に云わせると、わしは女房が怖くて妾もつくれぬ意気地なしの種なしだそうだがな。意気地なしはともかくとして、種なしではなかったやもしれぬ」

「それは……ご本家の離れに囲っていた女の話でございますね……」

お節は、あまりにもさりげなく云った。今宵の夕餉は鯖（さば）の煮つけと青菜のおひたしでございます。そう告げるのと変わらぬ口調だった。

「……存じておったのか……」

「あなた様の匂いで気づきました。相手が廓や岡場所の女なら、もっと強い白粉を使うでしょうが、お着物に移っていた香りは素人の町娘のものでした。ご本家に寄られるたびに、その若々しい匂いを付けて帰ってこられた……ですから、すぐに悟ったのです」

桃井は愕然とした。

佐伯の家中にも気づかれぬほどの巧妙な策を練ったのにもかかわらず、同じ屋根の下に住まいする妻にはとうの昔に悟られていたというのか。

「何故、云わなかった。どうして責めなかった」

「妾をつくられたからといって、とやかく申せる立場ではございません。御家のことを考えるならば、子どもを産むことを諦めた際に私がふさわしい女をご用意すべきだったのかもしれないのです。存じ上げていることをもっと早くに申し上げてもよかったのですが、きっと私を気遣ってくださっているのだと思って、ずっと黙っておりました」

「そうか……そうだったのか……」

「一度知ってしまったからには、本妻としての務めを果たさねばなりませぬ。そこで妾の傍についている下女を呼び出して、時どき話を聞くことにいたしました」

「下女とは、お仲のことか？　お仲と会っていたのか、そなたは……」

「あなた様の行状を探って悋気を起こしていたのではありませぬ。妾の腹に子ができておらぬか。できたなら、今どのように育っているか。懐胎のきざしが見えたなら、素早く知らせるようにと云いつけてありました。もっと私が若かったならば、生まれた子を手元に引き取って我が子として育てることも考えたでしょうが、この齢になっての赤子は孫同然。恥かき子と嗤われるばかりですから……」

「ならば、どうして早く教えてくれなかった。お仲の話では、お鈴は三月ほどになっていたというではないか。わしはそれを知らなかった。だから孕んでいるなどとは思わず……」

「申し上げようと考えたことも何度かあったのですが……」

と、お節は俯いた。

「御家のためならば何もかも目をつぶって受け入れよう。左様に心を定めたはずでございましたのに、いざ妾に子ができたと聞くと、どうにも抑えきれぬ強い苛立ちを感じたのです。あの女は私の旦那様と寝ている。仲良く睦み合って子まで生してしまった。お鈴が孕んだことをあなた様に教えたら、きっと跳び上がって喜ばれることでしょう。その姿を己の目で見るのが、悔しくて腹立たしくてならなかったのです。お鈴に悪阻があったと聞いても、しばらくは黙っていようと私は心に決めました。お仲に命じて、お鈴があなた様に懐胎の事実を告げることを厳しく禁じてもおりました……」

お節は目に涙をためていた。

桃井は慰める言葉が見つからず、ただうなだれるしかなかった。

寝所は今や白洲と化している。奉行はここでもまた裁かれていた。

「こんなことを申し上げると極悪非道な女だとお思いになるやもしれませぬが……あなた様が妾を責め殺したと知ると、私は何故かふっと安堵いたしたのです。子を産めなかった女の妬み(ねた)でしょうか。それ見たことか、いい気味だ、と微笑んだほどでございました」

桃井は、お節の凄まじい告白に黙り込んだ。真実の声ほど恐ろしいものはない。

「やがて次第次第にお鈴のことが憎らしくなっても参りました。子を孕んだという事実だけではありません。あの娘があなた様にあんなにも殴られ蹴られ刺されるほどに惚れ込まれていたことが、どうにも我慢ならなかったのです。羨ましくて疎ましくて妬ましくて、どうせならこの手で殺してやればよかったと歯ぎしりをする日もございました」

「す、すまぬ……」

桃井が謝罪の言葉を呻くように口にしても、お節は聞いていなかった。

「もし私が他の男と不義を犯したとしたら、あれほど憎々しく私を折檻していただけるのでしょうか？　間男を恨んで妬んで、島送りになさいますか？　お鈴と同様に私のことを憎み抜き、死ぬまで責め苛んでいただけますでしょうか？」

桃井は己の愚かさを思い知った。

お節は貞淑で聡明な、寛容そのものの妻女。

そう思い込んでいたのは大きな間違いだった。

我が妻は穏やかな弥勒菩薩ではなく、憤怒（ふんぬ）と嫉妬に燃える愛染明王（あいぜんみょうおう）であった。

その光背（こうはい）は目もくらむほどの紅蓮（ぐれん）の炎に包まれていたのだ。

「お鈴のことであなた様も辛い思いをされたことでしょうが、私もずっと一人で苦しんできたのです。男女のあいだには、遠島よりも死罪よりもはるかに辛い刑罰があるのですよ。それは心底から恋い慕われぬこと。本当は慕われてなどいないのに、慕われているかのように振る舞われること。私はその残酷なお仕置きをずっとあなた様から受けてきたのです……」

お節は目から涙をあふれさせた。

しばらく嗚咽していたが急に立ち上がり、逃げるように寝所から走り出た。

桃井は引き留める気力すらなく、抜け殻のように打ちひしがれていた。

家庭の幸福も奉行の威厳も一瞬のうちに崩れていく。

それらが瓦解し、無惨に砕け散る音が耳をつんざくほどに響いている。

（何故だ。どうしてこんなことになってしまった……）

桃井は己の過ちを悔い、お節を憐れむ一方で、お絹を憎んだ。

墓場まで持って行くべき秘密や真実を次々と暴いた、あの傲慢で不遜な女を呪った。

身の程知らずの怖いもの知らず。

恋に狂い、我が身を捨てて、あいつはなりふり構わず挑みかかってくる。
あの鬼女と戦うためには、もはやただの物の怪では力不足だ。
ならば、と桃井は決意した。
かくなる上は、こちらも鬼になってやる。
あの女が望む通りの、血も涙もない化けものになってやろうではないか。

第五章　落着

一

　申し渡しの日は雨になった。

　朝から鈍色(にびいろ)の雲が一面に空を覆い、桃井が城から奉行所に戻るころにはかなりの本降りになっていた。

　昼八ツの鐘が鳴ると遠くで雷鳴まで轟(とどろ)きはじめた。

　窓から斜めに吹きつけた雨が、白洲の一隅(いちぐう)を濡らしている。その部分の砂利だけがじっとりと黒くなり、碁石(ごいし)のように光って無気味だった。

　前回の吟味からは七日経って、日付けは二月二十七日に達している。

　奉行所としての結論は三日ほどで下していたのだが、書面を回すだけでも煩雑な手間がかかり、その返事が戻るまでにさらに時を要した。罪状が罪状なだけにご老中たちの許しも一人一人から得なければならず、桃井は幾日か無駄な日数を費やしてしまったのだ。

「旅籠尾張屋女中お絹、出ませぃ〜」

与力の声に導かれ、お絹が中央に引き出されてきた。

牢暮らしのせいで少々やつれてはいるが、その美しさに揺るぎはない。いつもと同じ黄八丈に身を包み、筵の上に静かに坐っている。

この女は裁きの日が来るのを待ちながら何を考えていたのだろう。

夜が訪れるたびに己が犯した蛮行を悔やみ、罪が赦されることを願っていたのか。

それとも悔い一つなく開き直り、未だに奉行の責を問うことに執着しているのか。

その答えを一刻も早くたしかめてみたい、と桃井は思った。

「本日は奉行より裁きを申し渡す」

桃井は上の間から科人を見据えた。

「お絹、覚悟はよいか」

「はい。どうぞお願い申し上げます」

「まずは旅籠においての盗みの一件と、刀で人を傷つけた一件。それについての沙汰を申し伝える。この二件の証拠となる道中差は白洲に用意されておるか」

「はい。ここにございます」

近藤は恭しい手つきで刀を差し出し、桃井の前に置いた。

「訴人の小間物屋清三郎、および証人の尾張屋源兵衛、女中のお園、家主の佐平。そのほか町役一同揃っておるか」

「ははぁ〜」

全員がひれ伏したのを見届けてから桃井は告げた。

「この二件に関しては微罪であるという結論を下した。盗まれた道中差も戻ってきておるし、怪我といってもかすり傷であるからな。訴人である清三郎も罰を与えるより故郷に早く帰ることを望んでおるとのこと。江戸に滞在中の宿賃や飯代、および治療代、膏薬代等々と大坂までの路銀。それらの費用を負担することで科料に代えるものとする」

「ありがとうございます」

清三郎が頭を下げた。

「素晴らしいお裁き、痛み入りまする」

「よし。では尾張屋源兵衛。この清三郎にかかった宿の費用は総計で幾らに相なるか」

「締めて一両ぐらいになるかと存じます」

　源兵衛が顔を上げて答えた。

「うちに滞在しましたのが二十日ほどですので一日およそ三百文。多く見積もってもそれぐらいでございましょう。この費用と膏薬代、治療代に関しましては、お絹に代わって、わたくしどもが立て替えるつもりでおります。それでよろしければ、お奉行様のお許しを願いとう存じます」

「よかろう。では、帰りの路銀はどういたす？　宿賃や茶代など含めて一日五百文かかるとして、およそ十五日か。これもまあ一両か二両あれば足りるであろうな」

「一両ではちょっと……」

　と清三郎がまた顔を上げた。

「途中の旅籠で飯盛女がいてたりしますと、そっちゃにも銭がかかりますので……」

「馬鹿者！」

　桃井が清三郎を睨みつけて叱責した。

「お前の女遊びまで面倒見きれるか」

「ははぁ～」

　清三郎が亀のように首をすくめると、今度は佐平が目を上げた。

「お奉行様。その路銀に関しましては、わたくしどもで工面させていただきます。長屋の連中も少しずつ銭を出し合って、お絹ちゃんを助けたいと申しておりましたので……」

「わかった。路銀は佐平に任せる。この科人は良き隣人に恵まれておるな」

「ありがとうございまする」

お園も源兵衛も佐平も手を取り合って喜んでいる。清三郎もようやく奉行所から解放されて肩の荷が下りたのか、ホッとしたような笑顔を見せていた。

「浮かれるのはまだ早いぞ」

桃井は一同を静めた。

「裁きはもう一件残っておる。それは奉行暗殺の企てじゃ」

その一言で白洲の空気が一変した。

人々の囁く声が消え、雨の音だけが激しく耳を打っている。

その沈黙を破ったのは奉行ではなかった。お絹が目を上げるなり唐突に叫んだ。

「お奉行様。お裁きの前に一つお伺いしたいことがございます」

「何だ、今さら。まだ何か申し立てたいことがあるのか」

「先日の吟味の際、わたしはお願いいたしました。お白洲に喜八さんやお仲さんを呼んでいただきたいと……。こうやって見渡したところ、お二人の姿は見えません。一体どこにいらっしゃるのですか。お奉行様はあの人たちの話をお聞きになる勇気がないのですか」

お絹が問い詰めると、桃井がにやりとした。

「案ずるな。あの二人なら、すでに奉行所に呼び寄せてある」

「本当ですか？　また嘘ではございませんでしょうね？」

「奉行は嘘偽りを申さぬ。早速ここに連れて参らせよう」

二

桃井が合図すると一人の同心が小者を何人か連れて奥の方に消えた。やがて準備が整ったのだろう。しばらくすると、与力が証人を呼び入れた。

「品川宿、蕎麦屋喜八、出ませぃ～」

その声とともに現われたのは胡麻塩頭の初老の男だった。

継ぎはぎだらけの着物を尻端折り（しりっぱしょり）にし、醤油で煮しめたような手拭いを首にかけている。いかにも蕎麦屋の屋台を担いでいそうな風情だったが、その躰は生きていなかった。

喜八は白洲に入る前から筵の上に横たわり、小者たちによって運ばれてきた。仰向けになって目を閉じ、両腕には酒の徳利を大事そうに抱えている。その額には、およそ二寸（約六センチ）ほどの傷があり、頬にも幾筋か血の流れた形跡があった。

「どうだ、お絹。久しぶりに喜八に会えて、さぞや懐かしかろう」

桃井はやさしげに問いかけたが、お絹は顔を強張らせ、言葉を詰まらせている。

「喜八さん……どうしてこんな姿に……これは……これでは約束が違います」

「約束とは何だ？」

「このあいだ申し上げたはずです。わたしが真実を話しても他の方には罪が及ばぬと」

「奉行は約束を破ってはおらぬ。喜八は番所に召し取られたのでもないし、罪人として罰せられたわけでもない。詳しい事情は与力から語らせよう」

桃井に促され、近藤が少し前に進み出て口を開いた。

「先日の吟味のあと、同心に命じて喜八の行方を捜させておったのだが、商売柄あちこち町をふらついておるので、なかなか見つからずにいた。常に店を出しているという川沿いの土手で昨日ようやく遭遇したのだがな。困ったことに喜八はすでにこの世の者ではなかったのだ。どうやら酒に溺れ、夜道で行き倒れたらしい」

「その話はおかしゅうございます」

お絹は首をかしげた。

「喜八さんは下戸で、お酒はほとんど呑めないと聞いております。もし酒が呑めたなら、お鈴が死んじまった悲しさも早く忘れられるのになあ……そんな風に仰っていた人が酔って行き倒れることなど……」

「いや、必ずしもそうとは限らんぞ」

桃井が脇から口を出した。

「呑めぬ酒を呑みたくなるほどの憂鬱が心の奥底にあったのやもしれぬ。一人娘を死なせてしまった上に、そちまでお縄にかけられてしまったのだ。そのことを苦にして酒に頼ったのではないか」

「盃一杯で頰が赤くなる人なのですよ。酔い潰れるまで呑めるわけがないでしょう」

「だが、お絹。見た通り、喜八は酒の徳利を抱えたまま息絶えておったのだ。この様子から察すると酔って歩いていたとしか思えぬ。喜八が倒れていたあたりの道には大きな石が埋まっていたそうだからな。倒れた拍子にその石に頭をぶつけて絶命したのではないか」

「では、与力様にお伺いいたします」

お絹は桃井から目を外して、顔を中の間の近藤の方に向けた。

「喜八さんは徳利を抱えてどんな風に倒れておられたのですか？」

「道の真ん中で俯せになって倒れておったと聞いておる。お奉行が仰ったように、額の傷はその際に石にぶつけて生じたものであろう」

「俯せに倒れたのなら、徳利を道に落としたり躰の下敷きにしたりするはずです。なのに徳利は欠けてもいないしヒビ一つ入っていない。ちとおかしくはございませんか？」

「む……それは……」

言葉に詰まった近藤にお絹が追い討ちをかけた。

「わたしには喜八さんの死が仕組まれたものであるとしか思えません。喜八さんは倒れて頭を石にぶつけたのではなく、石か何かで殴られて倒れた。その事実を覆い隠すために死んだあとで酒の徳利を腕に抱かされた……その方が理屈が通るのではありませんか？」

お絹の推理は冴えていた。

喜八の死は桃井の雇った隠密たちが夜陰に乗じてもたらしたものである。なるべく自然死や事故に見せかけろと桃井は命じてあったが、徳利を割ったりヒビを入れるところまでは頭が回らなかったようだ。近藤や同心たちはうまく騙せても、この鬼女の鋭い目だけは胡魔化せなかったらしい。

「なるほど……」

桃井は感心した振りをして頷いた。

「蕎麦屋は夜の闇をうろつく商売であろうからな。物盗りや辻斬りに襲われたとしても奇妙ではあるまい。死因についてては細かく調べてみねばわからぬが、残念ながら、それが判明したところで今さら喜八が生き返るわけでもない。お鈴や菊次郎について、もっと詳しく訊きたかったのだが……いやはや、まことに無念じゃ」

桃井が大袈裟に悔やむ様子をお絹が冷たい目で見つめた。

「喜八さんは無理でも、証人はもう一人おります。お仲さんを早く呼んでください」

「わかった。では、呼び入れよう」

桃井が頷くと同時に与力の声が響いた。

「谷中清水町（しみずちょう）五軒長屋、下女お仲、出ませぃ〜」

お絹はお仲が登場するのを待ちきれず、縄で縛られたまま腰をねじって振り向いた。

しかし、その期待はまたしても裏切られた。

お仲も喜八と同じように筵の上に仰臥（ぎょうが）している。ただしその死に様は喜八と違って、見るも無惨だった。白目をギョロリとひん剝いて、口から舌が飛び出ている。首の周りには紐か何かできつく縛られたような赤く爛（ただ）れた痕があった。

「お仲さん……」

お絹がそれ以上のことを口にできずに呆然としていると、近藤が教えた。

「昨夜、同心が住まいの長屋に訪ねていくと、梁（はり）に着物の帯をかけて首を吊っておったのだ。お仲はお屋敷から暇を出されたあと、かなり暮らしに困っていたというからな。先行きを危ぶんで自害してしまったのやもしれぬ」

「信じられません」

お絹はまた首を振った。

「お墓の前で別れたあと、お仲さんは幸福そうな顔をしておられました。胸の内に秘めていた話をわたしたちに語ることができて、やっと心が落ち着いた。これからは元気に生きていけますと笑顔まで見せていたのです」

「人の心は不可解なものだ」

　と桃井が再び横槍を入れた。

「顔に出る疲れは目に見えても、心の疲れは本人にしかわからぬ。昨日まで何も変な様子はなかったのに突然首をくくってしまう。今朝がた湯屋で会ったと思ったら、夕方には川に身を投げてしまう。自害した者の周囲にいた人間は驚きつつ嘆くしかない」

「自害ならば、遺言か何か書き置きがあるでしょう。それは見つかったのですか？」

「見つけた。これが遺骸の傍に置いてあったそうだ」

　近藤が答えて一通の文を取り出した。それを同心に渡し、お絹にも見せるようにする。中を開くと、そこには筆で一行だけ『先立つ不孝をおゆるしください　おなか』とあった。涙ながらに書いたかのような薄墨の手で、下女にしてはなかなかの達筆である。

「どうだ、お絹」

　桃井は身を乗り出し、したり顔を見せた。

「これで自害であることに合点がいったであろう」

「いいえ。その書き置きを見たおかげで、わたしはますます疑わしい気になりました」

「なぜだ。何が気に入らぬ」

「その書き置きは本当にお仲さんご自身が書かれたものでしょうか。お仲さんは無筆だと仰っていました。字が読めないから文の中身を読まれる恐れがない。だから、お鈴さんと菊次郎さんの仲立ちを頼まれていたのです。もし、お仲さんが書いたのだとしたら、死ぬ前に手習いを学んだということになりますよね。いくら何でもそれは変でしょう?」

「むむ……」

今度は桃井が口ごもった。謀略は小さな油断から露見する。それゆえ細部に渡って入念に事を進めねばならぬ。桃井は常日頃から厳しく戒めていたが、今回は手抜かりもいいところだ。近藤たちがやって来る前に始末せねばと焦って事を急いだのだろうが、手下たちの失態をいちいち奉行が尻ぬぐいせねばならぬとは……。

「無筆であろうとなかろうと、お仲が死んだことに変わりはない。せっかくあちこち捜し回らせたというのに、喜八もお仲もこの有様とは何とも間の悪い話だ。それにしても人の命は儚(はかな)いものじゃな。くわばら、くわばら……」

桃井が呪文のように呟くと雨の音がまた強まった。

白洲に坐る何人かは縄で縛られたお絹に代わり、遺骸を前にして合掌している。南無阿弥陀仏、南無阿弥陀仏……念仏を唱える声が低く哀れに響きわたっていく。

「ふふふ。ははは。ほほほ……」

お絹は突然、狂ったように嗤いはじめた。

「お奉行様は喜八さんやお仲さんが本当のことを明かすのではないかと恐れて、ひそかに策を講じられたのですね。行き倒れや自害に見せかけることなど、桃井様ならお手のもの。死人に口なし。真実を語る者はもういない。さぞかしお喜びのことでございましょう」

「またしても戯れ言か」

桃井は忌々しそうに舌打ちをした。

「この者たちが命をなくしたのは奉行のせいではなく、そちのせいであろう。何しろ前代未聞の不吉な女であるからな。出会う人間を悉く死なせてしまう妖力を備えておるのに相違ない。喜八やお仲も菊次郎やお鈴と同様に呪い殺してしまったのではないか」

「云うに事欠いて、わたしに罪を着せるとは……やはり、お奉行様は化けものでございます。残虐非道な人でなし。目的のためには手段をいとわぬ正真正銘の物の怪でございます」

お絹に罵られても桃井は否定せず、唇に微笑さえ浮かべて開き直っていた。

たしかに桃井憲蔵は稀代の化けもの。血も涙もない地獄の鬼。

されど、化けもののどこが悪いのだ。何がいけないというのだ。

化けものにならなければ、この南町奉行の地位は得られなかった。

与力や同心たちからの尊敬も得られず、三千石の俸禄も手にできなかった。

権謀術数を駆使せねば、生涯に一度の恋一つ、かなわなかったではないか。

「左様に云って気が済むのであれば、好きなだけ喚く(わめく)がよい。奉行は、そちの戯れ言には一切関知せぬ。証人もすべて出揃ったことだしな。そろそろ裁きを申し渡そう」

桃井はきっぱりと宣言し、脇に置いてあった書状を取り上げた。

「旅籠尾張屋女中お絹。そちは敵討ちと称して南町奉行、桃井筑前守憲蔵の暗殺を企てた。その悪行は死罪にも匹敵すべき重罪ではあるものの、御上の格別のご憐憫(れんびん)によって罪一等を減じ、遠島を申しつける。行く先は八丈島である」

一同は驚き、またどよめいた。

流す島の名まで白洲で告げるのは異例なことだ。遠島という沙汰のみならず行き先が八丈であることが意外だったのに違いない。

「八丈と聞いて里帰りができると考えておるのなら甘いぞ。そちは島民として海を渡るのではない。慣れ親しんだ村や隣人の前で流人として蔑まれながら暮らすがよい。物乞いをすれば昔のよしみで粥でも恵んで貰えるやもしれぬ。若く美しいそちのことだ。巷の遊女たちに倣って男たちに躰を差し出せば、芋や干物を手に入れることもできよう」

お絹は小さく肩を震わせた。桃井の仕打ちを黙って耐えている。

「そうそう、云い忘れるところであった。いくら何でも両親や妹の前で物乞いをしたり春をひさいだりするのは体面が悪かろうからな。惨めな姿を見せずとも済むよう、八丈は八丈でも八丈小島(はちじょうこじま)に流してやることにした」

八丈小島は八丈島の目の前にある枝島(えだじま)だ。距離は近いが本島とのあいだに激しい海流が流れているため筏や小舟での脱出はかなわない。流人の中でも重罪を犯した者や、八丈に流されてから罪を犯した者などがこの孤島に送られることになっていた。

「すぐ目の前の島に移すのは御上の慈悲ではない。今後は家族と対面することも文を交わすことも一切禁ずる。そちは家族のいる島を眺めながら改悛の日々を送れ。己のせいで家族まで惨めな思いをすることを悔やんで、一人淋しく死んでゆけ」

お絹は桃井から目をそらさなかった。

覚悟ができているせいか、狼狽している様子は見られない。罰を受けて悄然としているというより、受けた屈辱をはね返さんばかりの不敵な面構えをしている。

「では、お奉行様とお会いできるのは今日が最後なのでございますね？」

お絹が念を押すように尋ねた。

「そうじゃ。しばらくは伝馬町の牢に入り、八丈への船が出るのを待て。そちのような珍奇な科人と別れるのは名残惜しいがな。この一件がようやく片づくかと思うと、重い肩の荷が下りた気もする。おそらく与力や同心たちも同様の思いであろう」

「ならば、お奉行様にお願いがございます。お絹の最後の願いにございます」

「何だ。聞くか聞かぬかはわからぬが、申すだけは申してみよ」

「もう一度、ショメ節をお聴きくださいませんか。わたしが歌うショメ節を……」

お絹の言葉と同時に稲妻がぴかりと閃いた。

雨の勢いがまた激しくなり、殴りつけるように屋根を叩いている。轟く雷鳴と混じり合って風が渦巻き、無気味に吠えていた。

　白洲に春の嵐が近づいている。

三

お絹の尋常ではない望みを聞いて、一同は唖然とした。

残酷な沙汰のせいで、この娘はとうとう狂ってしまったのか。

それとも恋に溺れて狂気に陥り、海を渡って白洲にやって来たのか。

「最後の最後まで不可思議な女じゃ」

桃井は眉間に皺を寄せた。

「家族と対面したいと申すのならまだしも、この期に及んで民謡を歌いたいとは……」

「お奉行様はわたしの舞もご覧になりたいと仰られておりましたでしょ？　八丈の舞は手踊りと申しまして、手の動きがなければ本当に踊ったことにはならぬのです。この縄を一度だけほどいていただければ、見事に舞って御覧にいれられるのですが……」

「うむ……」

桃井は答えを猶予して考えた。

重罪となった科人の縄をほどくなど異例のことである。

駄目だと云えばそれまでの話だったが、喜八やお仲の件で面目を失ったぶん、奉行の威厳を見せつけてやりたいという見栄が微かに疼いた。

流人となれば、この美しい娘の命も恐らく長くはあるまい。重い裁きを下したことに対するささやかな罪悪感も心の隅にはあったやもしれぬ。

「踊る前に無惨に亡くなった喜八さんとお仲さんに手を合わせることがかないましたなら、どんなにうれしいでしょう。たった一度でいいのです。お奉行様。何卒ご慈悲を」

「お奉行、騙されてはなりませぬ」

近藤が心配そうな顔で進言した。

「この女はお奉行の殺害を企てた重罪人でございます。縄などほどきましたなら、何をしでかすかわかったものではありませぬ」

人情与力にしては冷たい口調だったが、仏の近藤が心を鬼にするのも無理はなかった。

科人の中には裁きに腹を立てて白洲の砂利を投げつけてきたりする者も少なくない。獄門や磔の決まった大泥棒や人殺しが奉行や与力に最後の一矢を報いんとするからだ。

「お奉行様。もし、お迷いのようでしたら、わたしと一勝負なさいませんか？」

お絹の奇矯な申し出がまた一つ増えた。

「一勝負？　それは何の勝負だ」

「骰子の勝負でございます。一つの賽を振って、出る目が丁か半かを云い当てる。もしわたしが勝ちましたならば、この縄をほどいてくださいませ」

「話は面白いが、白洲は賭場ではない。賽なぞ用意しておらぬ」

「賽は、ここにございます。わたしの着物の、左の襟の中に……」

牢名主にツルと称する賂を差し出すため、襟に銭を縫い込んでくることはよくあるが、骰子とは珍しい。

お絹は傍にいた小者に目で隠し場所を教えた。黄八丈の黒い襟元を探って糸を切ってみると、賽にしては大振りなものが一つ、筵の上に転がり出る。

「これは死んだ菊次郎さんの形見なので、お守りのようにして肌身離さず持っていたのです。きっとあの世の菊次郎さんもわたしに味方して願う目を出してくれるでしょう」

菊次郎の形見と聞いて桃井の目が光った。

博奕は御法度だが、別に金銭をかけて勝負するわけではない。この女が何を考えているのか。桃井は、そのことの方に気が惹かれていた。

「よし。左様にまで申すのなら遊興がてら勝負してやってもよい。ただし、賽を振るのは余だぞ。泣いても笑っても一度限り。それでもよいか」

「承知しております。仰る通りでかまいません」

奉行の戯れに呆れたのか、傍に控えていた近藤が露骨に眉をひそめた。小者から骰子を受け取ると、それを上の間の畳に心配そうな顔で置いている。

「では、お奉行様」

と、お絹が訊いた。

「丁か半か、どちらになさいますか?」

「ふむ……そちが先に目を云い当てよ。奉行は後ほどでかまわぬ」

「ありがとうございます。では、丁でお願いいたします」

「ならば、こちらは半だな」

桃井が賽を手にすると、この場にいる全員が身を乗り出して注目した。掌の中で十分に振ってから、えいやと投げると、果たして……目は四。丁と出た。

「ふふふ。お絹、そちの勝ちだな」

「うれしい……では縄をほどいていただけるのですね？」

「いや、ほどかぬ」

「どうしてです？」

お絹は声を尖らせた。

「武士に二言（にごん）はございませんでしょう。お奉行様はやはり嘘つきなのですね」

「嘘つきは、そちの方だろ」

桃井は目の前の賽を取り上げて、再び畳に転がしてみた。

二度目は四。三度目も四。その次も四……

何度振っても同じこと、この骰子は四の目しか出ないのだ。

「菊次郎の形見と聞いて、もしやと思ったのだ。あいつは手妻師でイカサマの名人でもあったからな。きっとこの賽にも何か仕掛けが施してあるに相違ない」

桃井は賽を口元まで持って行き、奥歯で嚙んだ。ガリッと鈍い音がして舌に苦い感触が広がる。見ると、骰子はきれいに真っ二つに割れていた。その内部にあったのは丸い錘（おもり）だ。その球体が仕込まれていたせいで同じ目ばかりが繰り返し出たのだろう。

「やはり推察した通りであったか」

桃井はお絹を冷たい目で見下ろした。

「そちの考えなぞ、奉行はすべて見通しておったのだ。縄をほどいたら踊ると見せかけて、ここにある道中差を奪い、余に襲いかかるつもりでおったのであろう」

お絹は答えず、ため息を深くついただけだった。

すべてを見破られたことで、張り詰めていた思いがついに砕け散ったかのようだ。

「愚か者め。おなごの浅知恵で奉行が騙せると思うたか」

お絹はもう一度、目を上げた。負けじと桃井を睨み返している。

「ふふふ。悔しいか、お絹。悔しければ、泣け。頭を下げて命乞いするがよい」

「いいえ。わたしは泣きません。命乞いもいたしません」

お絹が決然と叫んだ。

「わたしは、お奉行様を呪います。菊次郎さんの敵、お鈴さんの敵、喜八さんの敵、お仲さんの敵……。呪って呪って、呪い殺して差し上げます！」

忌まわしい言葉に白洲がしんとなった。誰もが怯えたような目でお絹を見つめている。

「ふん。ならば好きにしろ。いくらでも呪うがよい」

桃井は目の前にあった道中差を取り上げて、お絹に見せつけるようにした。

「そちが喉から手が出るほど欲しがっておるものは、ここにある。ほれ、どうだ。これがあれば奉行を殺せるぞ。欲しければ奪い取って余を斬ってみろ。ふん。縛られたままでは何もできんだろ。ハッハッハ！　ハッハッハ！」

桃井が勝利の喜びに浸っている最中（さなか）だった。

顔を伏せていたお絹が疾風（はやて）のように動いて、その場に立ち上がった。

制しようとする同心たちの手を振り切ったかと思うと、中の一人が腰に差していた刀を後ろ手に器用に抜き取っている。

お絹は両腕を縛られたまま白洲から一気に中の間へと駆け上がって来た。躰を大きくねじって独楽（こま）のように回転させ、握った刃をひらりと空中に閃かせた。

「化けもの、覚悟！」

お絹が大声で叫んだ瞬間、桃井は凍りついた。

信じられぬ光景にうろたえながらも、反射的に身を動かしている。

桃井は頭を低くして、お絹の刀をかわし、手にしていた道中差の鞘を素早く払った。そのまま潜り込むようにして刀の切っ先を相手に向け、渾身の力を込めて、お絹の胸を突いた。

「うっ！」

お絹は呻いたが、手にした刀はまだ落とさなかった。

胸に道中差を突き刺されたまま、なおも桃井に斬りかかろうとしている。

桃井は焦った。

自身の脇差なら一突きで倒しているところだが、町人の鈍ら刀では容易にはいかない。

一度では心ノ臓まで至らず、止めを刺すことができなかった。

桃井はいったん刀を引き抜いて、もう一度お絹の胸を刺した。

二度、三度、四度……。

同じ動作を繰り返すうちに、桃井は、お鈴を簪で刺したときのことを思い出した。

あのときも桃井は我を失っていた。

憎しみから発した行為が、いつしか快感へと高まり、悦楽にまで転じていた。

お鈴との官能の日々を振り返るかのように、桃井は簪で愛しい女の躰を貫いていたのだ。

「ひっ、ひっ、ひっ……」

道中差で突くたびにお絹は喉の奥で呻き、躰を激しく前後に揺らしている。

何度目かで、とうとう耐え切れなくなったらしく、ついに力なく刀を落とした。

「死、ね……」

お絹は絶命する直前に呟くと、桃井を見つめてふっと微笑んだ。

この期に及んで、お前はまだ余を嗤うのか。

怒りに狂った桃井がさらに激しく突こうとすると、誰かが背後からその腕を引き留めた。

振り返ると、近藤が桃井を後ろから羽交い絞めにしている。

「お奉行……もはや息絶えております……」

それを聞いて、桃井はお絹の胸をえぐるようにして刀を引き抜いた。

同時に血が激しく噴出し、桃井の顔にまともに飛び散った。

近藤の躰も後ろの屛風も何もかもが真っ赤に染まり、周囲が血の海になっている。

「お怪我はございませぬか？」

云いながら近藤が血まみれになった道中差を桃井の手からもぎ取った。

「大事ない。だが、危なかった……」

お絹が白洲から駆け上がってきたとき、桃井は恐怖で身がすくんで一瞬動けなかった。あのとき道中差を手にしていなければ逆に斬られていただろう。お絹もよくよく不運な女である。桃井を殺そうとして盗んだ刀で逆に桃井から刺され、命を落としたのであるから。

「ようやく謎が解けたな」

桃井が低く呟くと、近藤が訝しい目をした。

「謎と申しますと?」

「化けものとは、この女のことだったのだ。菊次郎でも奉行でもない。こいつこそ誰よりも恐ろしい、この世でいちばんの化けものであった」

「御意(ぎょい)……たしかに魔物のような恐ろしい形相をしておりました」

「お絹は最後の最後に笑いおった。死ぬ寸前に余を見上げて、さもうれしそうに微笑んだのだ。死に顔まで何かを成し遂げたかのように安らかに見えた」

「何ともはや……どこまでも不敵な女ですな。やはり縄をほどかなくてようございました」

上の間や中の間に飛んだ血は、雑巾がけしたぐらいでは消えそうにない。拭えば拭うほど、お絹の血が畳の目に擦りつけられ、奥の奥にまで浸み込んでいくかのようだった。

砂利の上に放り出された二つの骸(むくろ)。中の間には血まみれになったお絹の躰。白洲は鈴ヶ森の処刑場のごとく陰惨な臭いに満ち満ちていた。

「これにて一件落着」

桃井はよろよろと立ち上がり、近藤に告げた。

「あとは任せたぞ」

四

顔を洗って血をきれいに拭ってからも、桃井の足はまだ少し震えていた。殺されそうになったという恐ろしさより、今は人を殺したおぞましさに苛まれている。

白洲を離れて廊下を進むと、すれ違う者たちが後ずさりして平伏していた。与力や同心たちの目には尊敬や羨望ではなく、当惑や疑念が渦巻いている。頭を下げていながらも互いに目くばせし合い、ひそひそと囁き合っていた。

——見たか、あの白洲での出来事を。

あの拷問の仕方。あの厳しいお裁き。あの残虐な刺し殺し方。

死んだ女がお奉行を化けものと呼んだのも、あながち戯れ言ではなかったのではないか。

己の妾や赤子の命まで奪ったというのは果たして真実なのだろうか。

――まさかまさかまさか。

あの聡明で思慮深いお奉行が、左様な下卑た真似をなさるはずがない。

やはりあの女は狂っていたのだ。

何から何まで、すべて出鱈目だったに相違ない……。

桃井は噂する声を無視し、一顧だにせずに歩いた。

氷のような冷たい視線にさらされながらも、何事もなかったかのように前へと進む。手にした扇を鳴らそうとしたが、パチリと一度鳴っただけで、あとはうまくいかなかった。早く役宅に戻りたくて、いつもより少し急ぎ足になっている。

中庭まで来て与力や同心たちの姿もなくなり、桃井はようやく一人になれた。

「疲れた……」

桃井は心の底から搾り出すような声を出した。

何とか危機をくぐり抜けたという安堵した心持ちと、精を出し尽くしたあとのどうしようもない空しさ。それは女と交わったあとの気だるい感触と似ている。

立ち止まって梅の木に目をやると、雨に濡れながらも紅白の花が咲いていた。

何と美しいことよ。何と香(かぐわ)しいことよ。

この世の春、いや、これこそ我が世の春……。

満ち足りた思いに浸って、ひときわ深く息を吸い込んだときだった。

突然くらっと眩暈(めまい)がして、全身に衝撃が走った。

鈍器で殴られたかのように頭が痛く、喉がからからに渇いている。

額や腕から滲み出る異様な汗。胃の底から立て続けに込み上げてくる吐き気。

心ノ臓が飛び出そうになるほど高鳴り、脈も異様に速くなっていた。

何だ、これは……。この不快なおぞましさは、一体如何なる病なのか。

ただの風邪にしてはあまりに症状がおかしかった。

齢のせいか、疲れのせいか。何か変なものでも食したのか。

それとも、どこかで誰かに毒でも盛られたのか……。

毒という言葉が脳裡に浮かんだ瞬間、先ほどの舌の感触が鮮やかに甦ってきた。

お絹の骰子を噛んだときの、あの苦さ。口中を刺すような痛み。

イカサマの仕掛けだと思っていた球体は、金属ではなく布か何かを丸めたもののように感じた。となると、あれは賽の目を出すためのただの錘ではなかったのか。そんな馬鹿な……そんな奇天烈なことがあるはずがない。

懸命に打ち消しながらも桃井は思い出した。

そういえば、あの女は、八丈で自害を試みたと云っていた。父親が蝮の毒を壺に溜めている。その毒を服んで一度は死のうとまでしたらしい。江戸に来てからも死ぬことばかり考えていたのだという。お鈴が見つからなければ生きていてもしょうがない。いっそ自分を殺そう、自害しようと思っていたと……。

ならば、毒を賽の中に隠し、常に携帯していたとしてもおかしくはない。もし、あの丸めた布に蝮の毒をたっぷりと浸み込ませてあったとしたら？己が自害するために持っていた毒で奉行を殺すことを目論んでいたのだとしたら？

最後の願いと称して縄をほどくよう頼み、それがかなわぬと知ったら骰子で勝負したいと持ちかける。菊次郎の形見などと称して、出た目の疑わしさをわざと匂わせたのも前もっての策略だ。もしイカサマの疑いがあるならば、きっと奉行が賽をたしかめるに違いない。己の歯で噛んで、中に秘めた毒をしっかりと味わうはずだ。

一の矢が駄目なら二の矢、二の矢が無理なら三の矢……。

あらかじめ何もかも予見して、お絹はあの骰子を用いたのか。

本当のイカサマは賽の目ではなく、その中に仕込まれていた猛毒――あれは縄をほどかせるための手段ではなく、奉行を殺すための武器であったのか。

そうか……だから、あいつは笑いおったのだ。

あの幸福そうな微笑の意味が今になって初めて桃井の臓腑（ぞうふ）に滲みてきた。

――わたしは、お奉行様を呪います。菊次郎さんの敵、お鈴さんの敵、喜八さんの敵、お仲さんの敵……。呪って呪って、呪い殺して差し上げます！

お絹の嘲笑（あざわら）うような声が雨の向こうから怒濤（どとう）のように押し寄せてくる。

桃井はついに立っていられなくなり、廊下に蹲（うずくま）った。

すでに息が荒くなり、手足が痺（しび）れている。

誰かおらぬか、誰か……。

叫んで助けを呼びたいのだが、その声が途切れて喉から先に出てこない。

お鈴がいたら……と桃井はあり得ぬ妄想を抱いた。

あいつが生きておりさえすれば、廊下で苦しむ自分の背中をさすってくれるのではないか。お奉行様、大丈夫でございますか、とやさしく介抱してくれるのではないか。

この世で最も自分のことをいたわってくれた女。たった一人の宝物のような女。

その大事な女を桃井は自分の手でいたぶり、腹の子まで殺してしまったのだ。

これは、その報いなのか。天から下された罰なのか。

世間は何とか騙せても、神仏の目だけは欺けなかったのか……。

いかん。

このままでは死ぬ。

南町奉行は死んでしまう。

権謀術数の数々で並みいる政敵を蹴落とし、ここまで這い上がって来た情け知らずの男が、八丈生まれのか弱い女の罠にはまって息絶えてしまう……。

桃井は死の恐怖を感じた。

怖い、怖い。とても怖い。

赤子のように背中を丸め、大声で泣きたくなった。

遠ざかる意識の中で一つの色が網膜を襲った。
瞼を刺したのは漆黒の闇ではない。
それは南国の太陽の如く眩しい、黄八丈にしか出せぬ山吹色の輝きであった。

主要参考文献

川崎房五郎『江戸時代の八丈島　孤島苦の究明』　東京都
葛西重雄・吉田貫三『八丈島流人銘々伝』　吉田南光園
羽倉簡堂『南汎録　伊豆諸島巡見日記』　緑地社
近藤富蔵『八丈實記』第一巻・第二巻・第三巻　緑地社
鶴窓帰山『八丈の寝覚草』　勉誠社
浅沼良次『女護が島考』　未來社
大隈三好『江戸時代流人の生活』　雄山閣
今川徳三『八丈島流人帳』　毎日新聞社
荒関哲嗣『黄八丈　その歴史と製法』　二月社
稲垣史生『考証「江戸町奉行」の世界』　新人物往来社
笹間良彦『図説・江戸町奉行所事典』　柏書房
佐久間長敬『江戸町奉行事蹟問答』　人物往来社
泡坂妻夫『大江戸奇術考　手妻・からくり・見立ての世界』　平凡社
藤山新太郎『手妻のはなし　失われた日本の奇術』　新潮社
平岩白風『図説・日本の手品』　青蛙房
氏家幹人『不義密通　禁じられた恋の江戸』　洋泉社
妻鹿淳子『犯科帳のなかの女たち　岡山藩の記録から』　平凡社
今田洋三『江戸の禁書』　吉川弘文館

本書は文庫書き下ろしです。

化けもの
南町奉行所吟味方秘聞

二〇二三年 九 月一〇日 初版印刷
二〇二三年 九 月二〇日 初版発行

著　者　藤田芳康
発行者　小野寺優
発行所　株式会社河出書房新社
〒一五一-〇〇五一
東京都渋谷区千駄ヶ谷二-三二-二
電話〇三-三四〇四-八六一一（編集）
〇三-三四〇四-一二〇一（営業）
https://www.kawade.co.jp/

ロゴ・表紙デザイン　粟津潔
本文フォーマット　佐々木暁
本文組版　株式会社創都
印刷・製本　中央精版印刷株式会社

Printed in Japan ISBN978-4-309-41987-9

室町お伽草紙

山田風太郎　41785-1

足利将軍家の姫・香具耶を手中にした者に南蛮銃三百挺を与えよう。飯綱使いの妖女・玉藻の企みに応じるは信長、謙信、信玄、松永弾正。日吉丸、光秀、山本勘介らも絡み、痛快活劇の幕が開く！

婆沙羅／室町少年倶楽部

山田風太郎　41770-7

百鬼夜行の南北朝動乱を婆沙羅に生き抜いた佐々木道誉、数奇な運命を辿ったクジ引き将軍義教、奇々怪々に変貌を遂げる将軍義政と花の御所に集う面々。鬼才・風太郎が描く、綺羅と狂気の室町伝奇集。

信玄忍法帖

山田風太郎　41803-2

信玄が死んだ⁉　徳川家康は真偽を探るため、伊賀忍者九人を甲斐に潜入させる。迎え撃つは軍師山本勘介、真田昌幸に真田忍者！　忍法春水雛、煩悩鐘、陰陽転…奇々怪々な超絶忍法が炸裂する傑作忍法帖！

外道忍法帖

山田風太郎　41814-8

天正少年使節団の隠し財宝をめぐって、天草党の伊賀忍者15人、由比正雪配下の甲賀忍者15人、大友忍法を身につけた童貞女15人による激闘開始！怒濤の展開と凄絶なラストが胸を打つ、不朽の忍法帖！

柳生十兵衛死す　上

山田風太郎　41762-2

天下無敵の剣豪・柳生十兵衛が斬殺された！　一体誰が彼を殺し得たのか？　江戸慶安と室町を舞台に二人の柳生十兵衛の活躍と最期を描く、幽玄にして驚天動地の一大伝奇。山田風太郎傑作選・室町篇第一弾！

柳生十兵衛死す　下

山田風太郎　41763-9

能の秘曲「世阿弥」にのって時空を越え、二人の柳生十兵衛は後水尾法皇と足利義満の陰謀に立ち向かう！『柳生忍法帖』『魔界転生』に続く十兵衛三部作の最終作、そして山田風太郎最後の長篇、ここに完結！

五代友厚

織田作之助　41433-1

ＮＨＫ朝の連ドラ「あさが来た」のヒロインの縁故者、薩摩藩の異色の開明派志士の生涯を描くオダサク異色の歴史小説。後年を描く「大阪の指導者」も収録する決定版。

伊能忠敬　日本を測量した男

童門冬二　41277-1

緯度一度の正確な長さを知りたい。55歳、すでに家督を譲った隠居後に、奥州・蝦夷地への測量の旅に向かう。艱難辛苦にも屈せず、初めて日本の正確な地図を作成した晩熟の男の生涯を描く歴史小説。

大河への道

立川志の輔　41875-9

映画「大河への道」の原作本。立川志の輔の新作落語「大河への道」からの文庫書き下ろし。伊能忠敬亡きあとの測量隊が地図を幕府に上呈するまでを描く悲喜劇の感動作！

史疑　徳川家康

榛葉英治　41921-3

徳川家康は、若い頃に別人の願人坊主がすり替わった、という説は根強い。その嚆矢となる説を初めて唱えたのが村岡素一郎で、その現代語訳が本著。2023ＮＨＫ大河ドラマ「どうする家康」を前に文庫化。

羆撃ちのサムライ

井原忠政　41825-4

時は幕末。箱館戦争で敗れ、傷を負いつつも蝦夷の深い森へ逃げ延びた八郎太。だが、そこには――全てを失った男が、厳しい未開の大地で羆撃ちとなり、人として再生していく本格時代小説！

平家物語　犬王の巻

古川日出男　41855-1

室町時代、京で世阿弥と人気を二分した能楽師・犬王。盲目の琵琶法師・友魚（ともな）と育まれた少年たちの友情は、新時代に最高のエンタメを作り出す！「犬王」として湯浅政明監督により映画化。

オイディプスの刃

赤江瀑　41709-7

夏の陽ざかり、妖刀「青江次吉」により大迫家の当主と妻、若い研師が命を落とした。残された三人兄弟は「次吉」と母が愛したラベンダーの香りに運命を狂わされてゆく。幻影妖美の傑作刀剣ミステリ。

横溝正史が選ぶ日本の名探偵　戦前ミステリー篇

横溝正史〔編〕　41895-7

ミステリー界の大家・横溝正史が選んだ、日本の名探偵が活躍する短篇9篇を収めたミステリー入門にも最適のアンソロジー【戦前篇】。探偵イラスト＆人物紹介つき。

横溝正史が選ぶ日本の名探偵　戦後ミステリー篇

横溝正史〔編〕　41896-4

ミステリー界の大家・横溝正史が選んだ、日本の名探偵が活躍する短篇10篇を収めたミステリー入門にも最適のアンソロジー【戦後篇】。探偵イラスト＆人物紹介つき。

日本怪談実話〈全〉

田中貢太郎　41969-5

怪談実話の先駆者にして第一人者の田中貢太郎の代表作の文庫化。実名も登場。「御紋章の異光」「佐倉連隊の怪異」「三原山紀行」「飯坂温泉の怪異」「松井須磨子の写真」など全234話。解説・川奈まり子

文豪たちの妙な旅

山前譲〔編〕　41957-2

徳田秋聲、石川啄木、林芙美子、田山花袋、中島敦など日本文学史に名を残す文豪が書いた「変な旅」を集めたアンソロジー。旅には不思議がつきもの、ミステリー感漂う異色の９篇を収録。

戦前のこわい話〈増補版〉

志村有弘〔編〕　41971-8

明治から戦前までにあった、怪談実話、不可解な物語、猟奇事件を生々しく伝える、怪奇と恐怖の実話アンソロジー。都会や村の民間伝承に取材した怖ろしい話。2009年版に、山之口貘「無銭宿」を増補。